Edgar Rai
Etwas bleibt immer

PIPER

Zu diesem Buch

Nicolas hat ein Geheimnis, von dem niemand erfahren darf auf dem Anwesen über Rayol-Canadel-sur-Mer. Als Housesitter eines deutschen Großindustriellenpaares hat sich der junge Mann von der Welt zurückgezogen, weil er weiß, es geht ihm besser in selbstgewählter Einsamkeit – ihm und der Welt. Doch als sich die Breuers für einen Besuch ankündigen, kehrt Nicolas' Unruhe zurück. Was mit einer verwüsteten Suite im Westflügel beginnt, entwickelt sich schnell nicht nur für ihn zu einer existenziellen Bedrohung …

Edgar Rai, geboren 1967 in Hessen, lebt als Schriftsteller und Drehbuchautor mit seiner Familie in Berlin. Seit 2012 ist er außerdem Mitinhaber der literarischen Buchhandlung Uslar & Rai in Berlin. Mit seinem Roman »Nächsten Sommer«, dem viele weitere folgten, gelang ihm 2010 der Durchbruch als Autor. Zuletzt veröffentlichte er bei Piper »Im Licht der Zeit« und »Ascona«.

Edgar Rai

Etwas bleibt immer

Roman

Mehr über unsere Autorinnen, Autoren und Bücher:
www.piper.de

Von Edgar Rai liegen im Piper Verlag vor:
Die Gottespartitur
Etwas bleibt immer
Halbschwergewicht
Im Licht der Zeit
Ascona

Ungekürzte Taschenbuchausgabe
ISBN 978-3-492-31207-3
1. Auflage März 2018
3. Auflage Januar 2023
© Berlin Verlag in der Piper Verlag GmbH, München 2016
Umschlaggestaltung: zero-media.net, München
Umschlagabbildung: Axel Bueckert / EyeEm / Getty Images
Satz: Fagott, Ffm
Gesetzt aus der Aldus
Druck und Bindung: CPI books GmbH, Leck
Printed in the EU

Wer je behauptet, unmögliche Dinge
könne man nicht glauben,
tut das aus Mangel an Erfahrung.

(Ron Segal, *Jeder Tag wie heute*)

1

Du stehst also auf der Terrasse des Haupthauses, eine Hand an der nachtkühlen Balustrade, und lauschst zur Küstenstraße hinunter. Wie immer um diese Jahreszeit duften die Pinien besonders intensiv. Eine Motoryacht teilt das Wasser und jagt aus der Bucht, als hinge ihr Leben davon ab.

Es wird ruhiger, von Tag zu Tag. Die Saison geht zu Ende. Noch vor einem Monat kreuzten um diese Zeit ein Dutzend Yachten vor der Bucht. Langsam aber sind nur noch solche unterwegs, für die jeder Montag wie der Sonntag ist. Für dich ist der Montag auch wie der Sonntag, der Dienstag aber ist nicht wie der Montag. Und heute ist Dienstag.

Bevor er hinter der großen Pinie hervor- und in dein Blickfeld kriecht, hörst du Ennos alten Pick-up bereits die schmale Serpentine heraufkommen. Was nicht schwer ist, der Auspuff hat mehr Löcher als ein Emmentaler, und das Getriebe besteht aus losen Einzelteilen. Zwischen Saint-Tropez und Le Lavandou gibt es kein zweites Auto, das solche Geräusche von sich gibt.

Sobald der Pick-up wieder aus deinem Blickfeld entschwindet, wird dein Smartphone vibrieren und das Display aufleuchten. Noch ruht es neben deiner Hand auf der Balustrade, aber gleich … Da. *Agueda*. Und wie jeden Dienstag begrüßt sie dich mit denselben Worten.

»¡Hola, Nino!«

»Bonjour, Agueda.«

»Kannst du uns das Tor aufmachen?«, fragt sie, auf Englisch allerdings, Kalifornien, mit leicht mexikanischem Einschlag: Can you open the gate for us?

Agueda kann kein Deutsch, du kannst kein Spanisch, und Französisch kostet dich auch nach vier Jahren noch Mühe, denn du sprichst es nur selten. Also Englisch.

»Sure.«

Du aktivierst die SmartHome-App, lässt das fliederfarbene Metalltor zur Seite rollen, Enno schaltet gewaltsam in den ersten Gang herunter, und die Eidechse, die jeden Morgen auf der oberen Stufe der Freitreppe die frühen Sonnenstrahlen abpasst, verschwindet eilig zwischen den Zierbüschen.

Für die Farbe von Ennos Pick-up gibt es keinen Namen. Eine Nichtfarbe. Er lässt den Motor laufen und grüßt, indem er wortlos eine Pranke aus dem geöffneten Fenster streckt. In die linke obere Ecke der Windschutzscheibe hat er ein Tattoomotiv geklebt – ein Tiger im Sprung. Das Bild verhält sich zu Ennos Wagen wie die Tattoos auf seinen Armen zu Enno. Sie sind alles, was er nicht ist: dynamisch, kampfbereit, mühelos die Schwerkraft überwindend. Zum Glück hat er Agueda.

Sie steigt aus und entriegelt die Heckklappe. Wie üblich trägt sie die grüne Latzhose mit den aufgenähten Knieschonern, dazu die Basecap mit Ennos Firmenaufdruck: *GARDEN MAINTANANCE*. Agueda hat ihm gesagt, dass es *maintenance* geschrieben wird, mit *E* in der Mitte. Ennos Antwort war ein Schulterzucken. Hauptsache, der Rasen ist grün.

Sie hakt die Heckklappe wieder ein und schlägt mit der flachen Hand auf die Ladefläche. Der Pick-up walzt Rillen in den Kies. Um zu wenden, muss Enno den Rückwärtsgang reinwuchten. Ein Geräusch, als werfe jemand Steine in einen Mixer. Dann rollt er die Auffahrt hinunter durch das Tor und ist weg, und Agueda steht am Fuß der Treppe inmitten ihrer Geräte. Doch etwas ist anders heute. Neben ihr sitzt ein Hund. Weiße Beine, brauner Körper, der Kopf halb weiß, halb braun.

Die Sonne ist so weit über den Hügel gestiegen, dass sie über Aguedas Wange streicht, als die zur Villa aufblickt. Sie hat ihre Haare zum Pferdeschwanz gebunden, der im Nacken unter der Basecap hervorspringt.

»Das ist Silencio!«, ruft sie und winkt.

Statt zu antworten, hebst du nur den Arm, spürst das Morgenlicht auf der Handfläche, als könntest du es greifen.

Aguedas Zähne blitzen auf.

»Wird ein schöner Tag, heute!«

Du richtest deinen Blick hinüber zur Bucht, weiter zu den noch dunstig verklärten Inseln und hinaus aufs Meer. Ja, denkst du, wird ein schöner Tag werden. Wie jede Woche. Und jede Woche fällt es Agueda aufs Neue auf.

Gestern Vormittag zeigte dein Smartphone eine eingegangene E-Mail an: franziska.scheffer@breuer-holding.com. Breuers Chefsekretärin. Herr Breuer und seine Frau planten, für fünf Tage ihr Haus in Rayol-Canadel-sur-Mer zu nutzen. Herr Breuer bitte darum, alles entsprechend vorzubereiten. Die Ankunft des Fluges erfolge Freitag, 18:32 Uhr, Aéroport Nice. Herr Breuer wünsche, am Flughafen abgeholt zu werden. Des Weiteren bitte er darum, das Dead-Salmon-Zimmer vorzubereiten. Samstagvormittag erwarteten sie Gäste, die ebenfalls am Flughafen abzuholen seien: Herr Robert Wolff sowie dessen Frau Melanie.

Als die Breuers dir den Job als Haussitter ihrer Ferienvilla anboten, sagte Bettina Breuer, die Zeit könne einem »dort unten« sehr lang werden. Offenbar empfand sie das als Manko.

Sie nutzten das Haus selten länger als drei Wochen im Jahr, womöglich werde es einsam werden so allein, insbesondere nach dem Ende der Urlaubssaison. Du musstest nicht lange überlegen.

In deinem ersten Jahr kamen die Breuers für zwei Wochen, im darauffolgenden gar nicht, letztes Jahr, über Pfingsten, verbrachten sie einen gemeinsamen Kurzurlaub mit Freunden in der Villa, Ende August flog dann Bettina Breuer für weitere fünf Tage mit ihrer Schwester ein. Im Schnitt also eine Woche pro Jahr.

Nichts an ihrem Anwesen schätzt die Hausherrin mehr als den Luxus des Pools. Zweiundzwanzig Meter lang, sechs Meter breit und fünfzig Wochen im Jahr ohne Wasser. Das ist es, was sie am meisten daran mag: Er ist sensationell unangemessen. Den Hügeln von Rayol muss man jeden Quadratmeter ebener Erde mühsam abringen. Einen halben Berg abzutragen, um die Fläche für einen Pool von über hundert Quadratmetern zu schaffen, der praktisch nie genutzt wird – solche Privilegien wagen nur die wenigsten für sich in Anspruch zu nehmen.

Noch überdimensionierter als der Pool selbst ist seine Gegenstromanlage. Ein Monstrum. Bei voller Leistung wälzt die Pumpe hundertzwanzig Kubikmeter Wasser pro Stunde um. Kein Weltmeister könnte dagegen anschwimmen. Frau Breuer versucht es dennoch. Das Problem ist: Nach fünfzig Wochen ohne Wasser gibt es immer etwas, das an der Pumpe nicht funktioniert. Ist einfach nicht, wofür sie gebaut wurde. Also ist das Erste, was zu tun ist, sobald die Breuers sich ankündigen, die Anlage aus der Wand zu nehmen, sie hinunter in die Garage zu tragen, sie einmal auseinander- und wieder zusammenzubauen.

Der Schatten auf der Stirnseite des Pools hat sich zu einem schmalen Keil verjüngt, die Sonnenstrahlen kriechen bis unter die Haut. Du bist mit dem Ausbau der Gegenstromanlage fertig und hast sie ohne anzuecken aus der Wand gezogen, als sich ein Schatten über deinen brennenden Nacken legt.

»Hola!« Zum zweiten Mal heute.

Der Hund sitzt neben Agueda am Beckenrand, als gebe er sich Mühe, nichts verkehrt zu machen. Agueda blickt eine Weile auf dich herab. Sie trägt den schweren Duft der letzten Oleanderblüten mit sich herum. Schließlich setzt sie sich auf die Sandsteineinfassung des Pools und lässt die Füße in die wasserlose Leere hängen. Im Moment, da sie sitzt, erlaubt sich der Hund, den Kopf auf seine schlanken Pfoten sinken zu lassen.

»Wie geht's?«, fragt sie.

Sofort denkst du an die Mail von Breuers Sekretärin, an das Kribbeln in Mittel- und Ringfinger, das dich seit gestern begleitet und das alleine dir Warnung genug ist. Doch das zu erklären wäre kompliziert. Du ziehst kurz die Schultern hoch. Die Gegenstromanlage wiegt dreißig Kilo und wird nicht leichter, je länger du sie hältst. Agueda bemerkt den Besen in der Ecke, die zusammengefegten Nadeln, sieht auf die Pumpe, deine ölverschmierten Finger.

»Bekommst du Besuch?«, fragt sie. Als sei es deine Villa.

Vorsichtig setzt du die Pumpe auf dem Poolgrund ab.

»Die Breuers kommen, am Freitag.«

Ihre klobigen Schuhe pendeln vor und zurück.

»Wie sind die so?«

Du überlegst einen Moment.

»Reich.«

»Ich meine: Sind sie nett?«

»Sie versuchen es.«

Agueda zieht ihre Handschuhe aus, stützt die Arme neben den Oberschenkeln auf, umfasst die Rundung des Sandsteins. So habt ihr noch nie miteinander geredet.

»Sie *versuchen* es?«

Wenn du zu ihr aufblickst, löst sich der Umriss ihrer Silhouette in der Mittagssonne auf.

»Sie möchten gerne gemocht werden«, erklärst du.

»Und – magst du sie?«

»Ich bin ihr Angestellter.«

Agueda streicht dem Hund über den Kopf, der zum Zeichen der Dankbarkeit mit seinen braunen Ohrlappen zuckt.

»Würdest du mit ihnen Urlaub machen?«, fragt sie.

»Ich mache keinen Urlaub.«

»Schon klar. Aber *würdest* du?«

»Nein.«

»Warum nicht?«

»Ich dachte, Urlaub macht man mit Freunden.«

»Und du machst nie Urlaub?« Sie wartet auf eine Antwort, doch die hast du ihr bereits gegeben. Schließlich sagt sie: »Du bist ein komischer Typ, Nino, weißt du das?«

Ja, weißt du. Spätestens seit du zwölf bist. Ist also keine neue Erkenntnis für dich.

Du beobachtest, wie sich die Sonne auf ihre Haut legt, ihren Hals, ihre Arme. Sie bemerkt es, also lenkst du den Blick auf den Hund.

»Woher hast du ihn?«

Der Hund hebt den Kopf, als habe er seinen Namen aufgeschnappt. Agueda greift ihn am Nacken.

»Hast du gehört, Silencio? Nino hat mich etwas gefragt. Seit einem halben Jahr komme ich jetzt her, aber erst muss ich dich mitbringen, bevor er mich etwas fragt.«

Sie sieht dich an.

»Ist mir zugelaufen.«

Glaube ich sofort, denkst du. Doch das sagst du nicht. Du sagst nur: »Ah.«

»Donnerstags kümmere ich mich um einen Garten drüben in Cavalaire. Da stand er plötzlich neben mir und wich mir nicht mehr von der Seite. Als Enno mich abends zu Hause absetzte, sprang er von der Ladefläche. Ich weiß nicht mal, wie er da raufgekommen ist.«

»Und den Namen – hat er den von dir?«

»Ich dachte, er passt. Er bellt nicht, weißt du? Silencio gibt alle möglichen Geräusche von sich, aber kein Bellen.«

Sie legt den Kopf in den Nacken und imitiert ein Bellen, laut und kräftig. Klingt ziemlich echt. Der Hund lupft die Ohren, dann stimmt er mit einem Fiepen ein. Als die beiden fertig sind, dreht Agueda die Handflächen nach oben: Was hab ich gesagt?

Dir fällt auf, dass ihr Daumennagel noch immer nicht vollständig nachgewachsen ist. Im Juni war das. Sie hatte gerade die Wildtriebe der Rosen an der Mauer hinterm Pool entfernt, als etwa auf Augenhöhe eine Kreuzotter zwischen den Ritzen hervorschnellte. Für einen Moment schwebte sie reglos vor Aguedas Gesicht, um schließlich in einer anderen Ritze zu verschwinden. Wie es passiert war, wusste sie anschließend nicht zu sagen, doch nachdem die Kreuzotter sich in die Mauer zurückgezogen hatte, war die Hälfte von Auguedas Daumennagel weg. Sie bemerkte es erst, als ihr das Blut vom Handschuh tropfte. Im Duschhaus hast du die Wunde gereinigt und verbunden. Sie hatte Tränen in den Augen. Gelacht hat sie trotzdem. »Ist nur der Nagel.« Sie zwang sich, gleichmäßig zu atmen. »Der wächst nach …« Als sie am Abend zu Enno in den Wagen stieg, reckte sie den verbundenen Daumen in die Höhe wie eine Trophäe. Als habe sie irgendwann beschlossen, fröhlich durchs Leben zu gehen. Als könne man das einfach so entscheiden.

Das Einzige, was Bettina Breuer dir über die Gegenstromanlage zu sagen wusste, war, dass sie einen Designpreis erhalten habe. Du nimmst an, dieser Umstand hat ihre Kaufentscheidung nicht unmaßgeblich beeinflusst. Obwohl aus Edelstahl, wirkt das Äußere der *Jet vogue II* organisch. In das Gehäuse sind zudem mehrfarbige LEDs integriert. So kann, wer möchte, sich unter Wasser massieren und dabei seinen Körper in wechselnde Farben tauchen lassen.

Sobald die Pumpe auf der Werkbank liegt, ist der Fehler schnell gefunden: die Saugleitung. Wo PVC auf Edelstahl trifft, sind Komplikationen vorprogrammiert. Außerdem lässt sich die Düse zwar schwenken, nicht aber regulieren. Insgesamt nichts, was du nicht auch im Pool hättest beheben können, doch da du die Anlage schon aus der Wand geholt hast, kannst du sie auch gleich einem Komplett-Check unterziehen.

In der Verlängerung der Einfahrt, von Bäumen beschattet und an das Nachbargrundstück grenzend, befinden sich zwei Doppelgaragen. In der einen stehen ein schwarzer Porsche Cayenne und ein silberner Renault Kangoo, die andere hast du dir als Werkstatt eingerichtet. Hier findet sich alles, was man braucht, um Dinge wie Wasserpumpen zu reparieren. Dazu gehören eine drei Meter lange Werkbank, ein Metallschrank, der vom Akkuschrauber bis zur Zargensäge alles enthält, was ein Housekeeper sich wünschen kann, außerdem eine Wand voller Werkzeug in dafür passenden Halterungen. Und Ruhe. Neben deinem Bungalow ist dir die Garage der liebste Ort auf dem Anwesen. Ein Ort, der dich unsichtbar macht. Hier findet dich niemand. Es sei denn, du wirst von einem Hund gesucht, der fünfzigmal mehr Riechzellen hat als du selbst und deine Fährte mühelos nach Tagen noch erkennen kann.

Wie ein ausgenommener Fisch liegt die *Jet Vogue II* auf der Werkbank, als der Hund vor dem Tor auftaucht, sich auf die Hinterläufe setzt und wartet. Schritte nähern sich. Agueda erscheint, krault ihm das weiße Ohr, lächelt.

»Hab dich«, sagt sie.

Was stimmt. Um hier rauszukommen, müsstest du ihr entgegengehen.

Ohne gefragt zu haben, betritt sie deine Garage. Sie hat die tragbare Motorsense dabei, ein Gerät wie eine Gottesanbeterin aus Metall. Ihre schweren Schuhe hinterlassen feuchte Abdrücke auf dem rohen Beton.

Sie betrachtet die Einzelteile der Gegenstromanlage.

»Du nimmst gern Dinge auseinander.«

»Noch lieber mache ich, dass sie funktionieren.«

Eure Blicke treffen sich. Du weißt, weshalb sie den Rasentrimmer dabeihat, und sie weiß, dass du es weißt.

»Soll ich ihn mir ansehen?«

»Du hast es gehört?«

Natürlich hast du es gehört. Der Trimmer hustet noch stärker als Ennos Pick-up. Du legst die Sense auf die Werkbank, entfernst mit zwei Griffen die Motorabdeckung und findest alles wie erwartet: einen Luftfilter wie eine Raucherlunge kurz vor dem Infarkt. Interessanterweise geben Ennos Geräte vorzugsweise dienstags ihren Geist auf.

Du schaltest den Druckluftkompressor ein, hebelst den Filter mit dem Schraubenzieher aus der Halterung und pustest ihn durch. Der Dreck eines ganzen Jahres wirbelt auf. Nachdem du fertig bist und alles wieder zusammengebaut hast, trittst du hinaus ins flirrende Licht. Du riechst die Salzluft, die von der Bucht die Hügel hinaufweht und mit jedem Tag ein wenig kühler wird. Der Motor startet nach dem ersten Zug, verschluckt sich kurz und knattert dann gleichmäßig vor sich hin. Du stellst ihn aus und reichst Agueda das Gerät. Sie sieht dich auf eine Weise an, dass du dich fragst, was sie gerade denkt.

»Du weißt, dass Enno mir immer die kaputten Geräte mitgibt, weil er weiß, dass du sie reparierst.«

Sie formuliert es nicht einmal als Frage. Ist auch nicht nötig.

»Wenn es dir zu blöd wird«, fährt sie fort, »sag's mir einfach.«

»Wenn es mir zu blöd wird, sag ich es Enno«, erwiderst du. »Sag ihm nur, er soll den Filter austauschen.«

»Danke.«

Die Nadeln der Aleppo-Kiefer zersieben das honigfarbene Nachmittagslicht. »Einen Motor zu verstehen ist einfach«, sagst du noch, dann wendest du dich ab.

Du hast bereits wieder die Garage betreten, als du Agueda hörst.

»Nino?«

Das Licht besprenkelt ihre Schultern. Sie nimmt die Basecap ab, sieht dich an. Plötzlich steht ein ganz anderer Mensch vor dir.

»Ich wollte dich um etwas bitten.«

Du wartest.

»Kannst du ein paar Tage auf Silencio aufpassen?« Sie müsse verreisen, erklärt sie, es sei wichtig. Drei, vier Tage vielleicht. Länger nicht. Der Hund wäre dir bestimmt keine Last. »Er ist ganz lieb und völlig unkompliziert – bellt nicht einmal. Und er mag dich.«

Du überlegst, wie es wäre, die Strecke nach Le Lavandou mit dem Hund an deiner Seite zu laufen. Zehn Kilometer.

Zwanzig hin und zurück. Silencio blickt dich erwartungsvoll an.

»Er mag mich?«

»Schätze, du riechst einfach gut.«

Zögerlich trittst du aus der Garage und gehst in die Hocke. Sofort kommt der Hund angetrabt, beschnuppert deine Hand.

»Ihr habt euch abgesprochen«, sagst du.

»Logisch.«

»Glaubst du, er kann längere Strecken laufen?«

»Er ist ein American Foxhound.«

»Und das heißt?«

»Je länger, je lieber.«

Von ihm könntest du es annehmen, denkst du. Gemocht zu werden. Von Silencio gemocht zu werden hätte nichts Bedrohliches an sich. Es wäre bedingungslos.

2

Du bist es gewohnt, allein auf dem Anwesen zu sein. Dienstagabends jedoch klafft jedes Mal eine Lücke in der Auffahrt, die sich erst über Nacht wieder schließt. Sobald Ennos Pickup zum Tor hinuntergerollt und außer Hörweite ist, gehst du zum Bungalow und ziehst deine Laufsachen an. Silencio folgt dir bis auf die Holzterrasse, hält jedoch vor der Schiebetür inne, setzt sich und wartet. Du kennst dich mit Hunden nicht aus, doch entweder ist Silencio ausgesprochen streng erzogen oder so oft gedemütigt worden, dass er für ein Lob seine eigene Natur verleugnen würde. Du bist Menschen begegnet, bei denen beides zutraf.

»Schon in Ordnung!«, rufst du aus dem Schlafzimmer, und tatsächlich sind im nächsten Moment Pfoten auf den Terrakottafliesen zu hören, und Silencio steckt den Kopf zur Tür herein.

Agueda hat dir eine Leine besorgt, mit Bauchgurt, *stress-free jogging with your dog* verspricht der Text auf der Schachtel. Die Leine ist originalverpackt und aus einem Material, von dem vor zehn Jahren noch niemand ahnte, dass es so etwas einmal geben würde. Agueda. Hat gewusst, dass du mit Silencio laufen wollen würdest. Nur weil jemand immer gut drauf ist, bedeutet das nicht, dass er nicht merkt, wie andere drauf sind.

Mit Silencio an deiner Seite gehst du das steile Stück zur Route Départementale hinunter, beugst die Knie, dehnst die Waden, versuchst, rund zu werden. Die Sonne steht so tief über der Calanque, dass eine gute Stunde bleibt, ehe sie dahinter versinken wird. Deine Zeit zu laufen – sobald die Segel eingeholt werden und die Parkplätze sich leeren, am Straßenrand eine Prozession aus Kindern mit aufblasbaren Delfinen, Krokodilen, Schildkröten.

Wenn du mit dem Daumen über die Kuppen von Mittel- und Ringfinger reibst, kommt in den Fingern kaum etwas an. Eine Taubheit, die im Nacken anfängt, unter dem Schulterblatt hindurch und die Rückseite des Arms hinabkriecht und von dort über die Handfläche bis in die Fingerspitzen. In Wirklichkeit aber kommt sie nicht aus dem Nacken. Sie kommt aus dem Kopf. Alles beginnt und endet in deinem Kopf. Aus diesem Grund läufst du. Du folgst einem Ruf. Solange du läufst, kannst du nichts anderes tun – und auch dein Kopf nicht. Laufen ist der sicherste Ort für dich.

An der Stelle, wo die Müllcontainer stehen und die Avenue Edouard Mac Avoy abzweigt, läufst du los. Bis zum Strand von Le Lavandou und zurück sind es exakt zwanzig Kilometer. Teil deines Lebens. Nur dass du heute nicht allein unterwegs bist. Silencio trabt unbeholfen neben dir her und versucht, nicht unangenehm aufzufallen. Das macht er ziemlich gut, insgeheim jedoch fragt er sich, was diese Lauferei zu bedeuten hat. Oder er spürt deine Unsicherheit. Wie soll das funktionieren – Laufen – mit einem Gurt um den Bauch und einem Hund am anderen Ende? Schließlich läufst du, um Leere zu erzeugen.

Der rostige Schlagbaum bei Kilometer drei, der den Weg für den öffentlichen Verkehr sperrt, markiert den Beginn dieser Leere. Zu beiden Seiten wuchert wildes Grün, die Luft ist schwer und satt und schmeckt nach Gras, die untergehende Sonne züngelt durch die Blätter. Hier spätestens findet dich dein Rhythmus, dein Atem löst sich, die Gedanken verlieren an Bedeutung.

Doch nicht heute. Dein Atem verschluckt sich, deine Schuhe klatschen auf den rissigen Asphalt. Silencio versucht sich anzupassen. Aber pass dich mal einem stotternden Motor an. Nein, heute wird dich keine Leere umfangen. Und auch die nächsten Tage nicht. Ruhig bleiben. Eine Störung, ja, aber nicht mehr als das. Kein Grund zur Sorge. Die Struktur bleibt bestehen.

Struktur ist wichtig. Du hast Jahre gebraucht, um das zu verstehen. Nicht nur für dich übrigens. Während der Sommermonate begegnest du immer wieder denselben Läufern auf der Strecke, oft sogar an den gleichen Stellen. Manch einem täglich, anderen mittwochs und freitags oder montags und donnerstags. Zwei, drei Wochen noch, dann sind auch sie verschwunden, um im Jahr darauf zurückzukehren. Wie Zugvögel. Dieselbe Zeit, derselbe Ort. Struktur. Im ersten Jahr gab es noch Tage, an denen du pausiert hast. Regeneration sei wichtig, heißt es. Nach dem ersten Winter aber hast du gemerkt, dass Regeneration nicht gut für dich ist. Wenn jemand auf Tabletten angewiesen ist, sagst du ihm ja auch nicht, am nächsten Donnerstag legen wir eine Tablettenpause ein. Da gerät alles durcheinander.

Wo deine Strecke die 559 unterquert, kommt dir ein Mann entgegen: grau melierter Dreitagebart, Kontrastbrille, Kopfhörer, Funktionskleidung der neuesten Generation und in Farben, die in der Natur nicht vorkommen. Körperfett gegen null. Einer von denen, die immer ein Ziel vor Augen haben – im Zweifel den nächsten Marathon – und daher stets gehetzt wirken. Anders als die meisten begegnet er dir nun schon seit Monaten. Als er an dir vorbeiläuft, ruft er: »Le chien est neuf.« Der Hund ist neu.

Letztes Jahr im Juni – an den Stränden begann der Geruch von Sonnencreme gerade den des Meeres zu überlagern – sprach dich an derselben Unterführung beim Laufen eine Portugiesin an. Auch sie trainierte für den nächsten Marathon, Tokio, Dubai, wer weiß wo. Auch sie: Körperfekt gegen null, leicht gehetzt. Du würdest genau das Tempo laufen, das sie seit Jahren anstrebe. Du sagtest: »Ah.« Sie war hübsch, auffallend. Sie schlug vor, gemeinsam zu laufen. Es müsse ja nicht jeden Tag sein. Ein-, zweimal die Woche? Du sagtest: »Ich bin nicht so gut darin, Sachen gemeinsam zu machen.« In den folgenden Wochen seid ihr euch sicher ein Dutzend Mal über den Weg gelaufen. Jedes Mal kam es dir vor, als hoffte sie, du könntest es dir anders überlegt haben. Sie war wirklich sehr hübsch. Du warst erleichtert, als ihre Zeit um war.

Nur wenige Minuten trennen die Unterführung vom nächsten Strand auf der Strecke. Silencio scheint sich vorerst keine Fragen mehr zu stellen. Womit er dir etwas voraushat. Dein Atem geht noch immer stoßweise, der Puls ist zu hoch, deine Knie schmerzen. Hier, am Plage de Pramousquier, haben sie am dritten Mai, einem Dienstag, zwei Leichen von einem Segelboot geborgen. Ein Paar – sie dreiundvierzig, er zweiundfünfzig – aus Dänemark, von wo aus sie losgesegelt waren. So jedenfalls war es am folgenden Morgen in der *Nice-Matin* zu lesen.

Noch im Bett liegend, hattest du das Herannahen des Sturms gespürt. Die Blätter der Korkeiche raschelten nervös, die Zikaden sangen, als wollten sie einen Platz auf der Arche ergattern. Du gingst den geschlungenen Weg zum Pool hinauf und betrachtetest den Horizont. Fern noch, aber unaufhaltbar vorrückend, drückten dunkle Wolken wie geballte Fäuste auf das Meer.

An jenem Morgen saß zum ersten Mal Agueda auf Ennos Beifahrersitz. Doch zum Arbeiten sollte sie kaum Gelegenheit haben. Bis der Pick-up die Serpentine hochgekrochen war, hatte der Regen eingesetzt und der Wind fegte über die Hügel. Kaum hatte Agueda ihre Geräte abgeladen, musstet ihr alles in die Garage bringen. Später hast du das Haupthaus aufgeschlossen, euch Tee gemacht und mit der Tasse in der Hand von der Terrasse hinunter in die Bucht geblickt. Der Donner sammelte sich wie in einem Trichter. Auf der Île du Levant schlugen in kurzer Folge Blitze ein. Oft erleuchteten mehrere gleichzeitig den Himmel. »Weißt du, ob die Insel bewohnt ist?« Agueda hatte beide Hände um die Tasse gelegt und saß in einem der Korbsessel. Ja, sagtest du, und dass sich die Bewohner heute sicher erkälten würden. Nichts zum Anziehen. Agueda sah dich an, die Mundwinkel kurz vor einem Lächeln. Also erzähltest du es ihr: Heliopolis, das Dorf auf der »Insel des Sonnenaufgangs«, ist ein Naturistendorf. In den dreißiger Jahren von zwei Ärzten gegründet, ist dort Nacktheit bis heute Pflicht. Sie sah zur Insel, über der sich der göttliche Zorn entlud. »Warst du mal da?« – »Ja.« – »Und – wie war's?« Deine Tasse drehte sich im Uhrzeigersinn um die eigene Achse. »Nicht so meins.« Und dann erzähltest du davon, dass die Insel schon immer ein Ort für Zufluchtsuchende gewesen war. Im Mittelalter Mönche, heute Naturisten. Und dass von den Klosterbauten nur noch Reste übrig sind und du dich bei ihrem Anblick gefragt hast, wie sich der letzte Mönch auf der Insel wohl gefühlt, worüber er nachgedacht haben mochte in den Jahren, bevor mit ihm alles zu Ende ging. Das alles hast du ihr berichtet. An ihrem ersten Tag. Weil du nicht wusstest, was du sonst hättest tun können, und weil in ihrer Gegenwart, so wurde dir bereits damals klar, Schweigen auf Dauer keine Option ist. Am Abend – Agueda hatte auf dem Korbsessel eine Lücke hinterlassen und der Sturm war Richtung Marseille weitergezogen – bist du laufen gegangen, wie immer. Da haben sie das tote Paar von ihrem Boot geholt. Offenbar hatten sie das Segel bergen wollen, als ein Blitz den Mast traf. Ist natürlich Zufall, dass an Aguedas erstem Tag das Paar in der Bucht vom Blitz erschlagen wurde. Es bedeutet nichts. Außer für dich. Denn beides zusammen hat bewirkt, dass du weder das eine noch das andere jemals vergessen wirst.

Der Weg endet abrupt. Du bist am Strand von Le Lavandou angekommen. Also ist es doch passiert: Dein Rhythmus hat dich gefunden, dein Atem kommt und geht, Reinigung, Gleichmaß, Leere. In den vergangenen zwanzig Minuten hätte von dir unbemerkt die Île de Levant untergehen können. Ist sie aber nicht. Liegt vor der Küste wie jeden Abend, fern und vertraut, die schattigen Stellen schwärzlich violett. Hättest du Talent zum Malen, würdest du Wochen darauf verwenden, genau diese Farbe zu mischen.

Erleichtert stellst du fest, dass Silencio noch da ist. In dem Moment, da du nicht länger über dich und ihn und die Leine nachgedacht hast, hat auch er damit aufgehört. Er wirkt wie in seinem Element, allerdings nicht so gefordert, wie er es gerne hätte. Je länger, je lieber.

Am Strand werden Liegen gestapelt und Schirme verschnürt. Die letzten Kinder kommen aus dem Wasser und werden in bunte Handtücher oder Bademäntel gehüllt. Du stellst dir vor, wie die Erinnerung daran diese Kinder begleitet – am Abend aus dem Meer kommen und mit einem von der Sonne gewärmten Frotteemantel empfangen werden. Eine lebenslang anhaltende Impfung gegen erste Verluste, spätere Rückschläge und bittere Enttäuschungen. Vielleicht.

Da, wo eine Aussparung in der Begrenzungsmauer den Eingang zum Strand markiert, ragt ein Hundeverbotsschild aus dem Asphalt, das dir noch nie aufgefallen ist. Silencio sieht auf, als erwarte er etwas von dir. Also sagst du: »Und jetzt das Ganze zurück.« Er scheint mehr als einverstanden.

Kaum habt ihr den Strand verlassen und seid wieder auf dem Weg, der parallel zur 559 verläuft, wird dir klar, dass dein Rhythmus nicht nur dich, sondern auch Silencio gefunden hat. Er hat seine Schrittfrequenz der deinen angepasst, organisch. Ja, denkst du, mit ihm könnte es gehen. Und du weißt, bald wird dich die Leere umfangen, und das tut sie auch, sehr bald schon, und für die kommenden zehn Kilometer bist du so nah bei dir und zugleich so weit von dir entfernt, wie es möglich ist, ohne am Ende als etwas anderes aus dieser Leere hervor-zugehen – ein Stein am Wegrand etwa, ein Tropfen Salzwas-ser, ein flüchtiger Gedanke.

Im Quai d'Orsay in Paris hast du einmal ziemlich lange vor einem Bild gestanden: *La gare Saint-Lazare* von Monet. Ist ja an sich bereits ein Klischee – lange vor einem Bild von Monet stehen –, machen da viele. Aber so war es eben. Wenn man ganz nah ranging, konnte man den Pinselstrich erken-nen, den Auftrag, die sich überlagernden Farben. Die Szene-rie jedoch erschloss sich erst, wenn man vom Bild zurück-trat. Selbst Köpfe oder Fenster waren von Nahem betrachtet nur Farbtupfen. So ist es oft – gleich, ob es sich um Maschi-nen, Pflanzen oder Menschen handelt: Manches erkennt man nur aus der Nähe, anderes bloß aus der Distanz. Alles zu-gleich versteht man nie. Außer beim Laufen.

Zurück in Rayol am Fuß des Hügels, ist die Sonne hinter der Calanque verschwunden, und ein letzter wässriger Pastellstreifen tropft ins schwarze Meer. Silencio wirkt rechtschaffen müde, aber noch immer nicht vollständig befriedigt. Kein Fuchs? Nicht mal ein Hase? Zwei Stunden Jagd, und am Ende kein flüchtendes Tier, das zu erlegen wäre? Einer jagt, einer wird gejagt. So hätte Silencio es gern. Anfang und Ende. Für einen Bluthund ist alles andere im besten Falle Zeitvertreib. Zurück im Bungalow, wirst du ihm zu fressen geben, aus der Dose. Ist nicht wie selber jagen, aber er wird es schlucken.

Etwas anderes irritiert dich, und du brauchst einen Moment, um dahinterzukommen. Die Erschöpfung ist da, wie immer, die Dankbarkeit des Körpers, Demut. Dennoch … Du befühlst die Finger deiner linken Hand, und dann weißt du es. Das Taubheitsgefühl hätte weggehen sollen, nachlassen wenigstens. Stattdessen hat es sich verstärkt. Und das verheißt nichts Gutes.

Du gehst vor Silencio in die Hocke, der augenblicklich den Kopf auf deinen Oberschenkel legt. Also kraulst du seinen Hals, streichst ihm über den Kopf, fühlst das warme Fell, spürst sein Blut fließen, Nähe. Du bist froh, dass er bei dir ist. Als könne er Dinge abwenden, sie fernhalten. Natürlich ist das eine Illusion. Was von innen kommt, lässt sich nicht von außen abwehren.

Zur Hälfte den Hügel hinauf hörst du, wie sich von oben ein Auto nähert. Müsstest du raten, würdest du sagen: Jeep Grand Cherokee, vierte Generation, V8-Motor mit 5,7 Liter Hubraum. Doch du musst nicht raten, nicht ernsthaft. Von hier aus geht es kaum mehr weiter nach oben: das Haus eines amerikanischen Filmproduzenten, der, so sagt es seine Tochter, einen Arsch voller Endzeit-Blockbuster finanziert hat; das Anwesen der Breuers; die Villa eines ehemaligen Konzernlenkers, der bereits im Gefängnis saß, bevor du den Job bei den Breuers angenommen hast, und um die sich bereits damals die Gläubiger stritten; schließlich, dem Hügel wie eine Krone aufsitzend, ein modernisiertes Kastell, von dem niemand zu wissen scheint, wem es gehört, und in dessen Mauern ausschließlich gepanzerte Fahrzeuge mit getönten Scheiben verschwinden.

Die Tochter des amerikanischen Filmproduzenten, zwanzig Jahre alt, studiert Schauspiel am Conservatoire national in Paris. Zumindest glaubt das ihr Vater. Seine Tochter allerdings vertreibt sich bereits den ganzen Sommer über die Zeit mit wechselnden Besetzungen in der Villa, und im Moment deutet wenig darauf hin, dass sie zum Start des Semesters nächste Woche ihre Koffer gepackt haben wird. Aus diesem Grund musst du nicht raten, was für ein Auto von hinter der Spitzkehre heranrauscht.

Am Scheitelpunkt trefft ihr aufeinander, der Jeep und du. Die Scheinwerfer auf deinen Bauch gerichtet, hält er an. Der Motor gluckert. Das Fahrerfenster surrt in die Tür und eine Haarsträhne erscheint, sonnengebleicht und conditionergesättigt. Der Geruch nach Mango und Vanille schwappt dir entgegen.

»Hi, Nino.«

»Hallo, Trinity.«

Sie ist nicht allein im Wagen. Sie ist nie allein. Neben ihr sitzt eine, die ihre Cousine sein könnte, auf der Rückbank noch zwei. Silencio trippelt unruhig auf der Stelle. Das Grollen des Motors macht ihn nervös, die blendenden Scheinwerfer, der Geruch. Du legst ihm eine Hand auf den Widerrist, spürst sein Fell und wie die Muskeln arbeiten.

»What a cutie!«, kommt eine schrille Stimme von der Rückbank.

Es ist nicht klar, ob damit der Hund gemeint ist oder du.

»Oh yes«, antwortet eine zweite, »and the dog, too!«

Womit das geklärt wäre.

»Hush, girls!«, mahnt Trinity.

Auf der Rückbank wird gekichert. Durch das geöffnete Fenster siehst du, wie Champagnerkelche gefüllt werden und überlaufen. Die mit der hohen Stimme wirft dir einen Blick zu, beugt sich vor und leckt verspritzte Tropfen vom nackten Knie ihrer Nachbarin. Von der Hand im Nacken ist Silencio ruhiger geworden und setzt sich auf die Hinterbeine.

Trinity wendet sich wieder dir zu. Ihre Mundwinkel verziehen sich in einer Art, die Bedauern ausdrücken soll, möglicherweise. Für die Dauer von zwei oder drei Wimpernschlägen lüftet sich der Schleier über ihrem Gesicht. Auch sie ist eine von denen, für die der Montag wie der Sonntag ist, und sie betreibt einen gehörigen Aufwand, um nicht vom Kurs abzukommen. Ab und zu aber wirft jedes Segel Falten. Sie hat diesen Glanz in den Augen, der dir sagt, dass sie vor ungefähr zehn Minuten eine Line gezogen hat. Dabei gehen gerade erst die Laternen an. Immer hart am Wind.

»Du hast einen Hund?«, fragt sie.

»Ist nicht meiner. Ich hüte ihn bloß.«

Sie blickt auf Silencio herab.

»Wie heißt er?«

Du sagst es ihr.

»Komischer Name.«

Sagt eine, die Trinity heißt.

»Er sieht nett aus«, befindet sie.

Du nimmst an, dass sie damit auf die unterschiedlich gefärbten Ohren anspielt.

Sie hebt den Blick, langsam, bis er deinen trifft. Da ist jeder Millimeter einstudiert.

»Willst du mitkommen?« Wanna come? »Wir fahren rüber nach Saint-Tropez.«

Ist ein Running Gag. Sie weiß, dass du nicht mitkommst.

Auf der Rückbank macht sich Unruhe breit. Seit zwei Minuten hat sich nichts mehr bewegt.

»Can we go now, Trin?«

»Mach's gut, Trinity«, sagst du.

Die Scheinwerfer wenden sich ab, und dann siehst du sie noch einmal – die Angst vor dem Moment, da der Wind nachlässt –, als der Jeep vorbeirollt, das Fenster hochfährt und Trinity dir einen letzten Blick zuwirft, das Augenweiß gelblich orange im Licht der Straßenlaterne.

Du wartest, bis die Rücklichter verschwinden, dann sagst du: »Lass uns gehen.« Sofort ist Silencio auf den Beinen.

3

Lola war draußen. Du riechst es. Ihr Parfum hängt im Zimmer, klebt an dir. Vermutlich hat es dich geweckt. Mit geschlossenen Augen betastest du deine Fingerkuppen. Das Taubheitsgefühl ist verschwunden. Der Fuchs ist aus dem Bau.

Also gut: Es annehmen. Was ist, soll sein, was sein soll, ist. Du hast Kopfschmerzen, aber nicht übermäßig stark. Erhöhter Puls. Innere Unruhe. Die klassischen Symptome. Es ist noch Nacht, vier, halb fünf. Du öffnest die Augen. Auf dem Nachttisch liegt dein Smartphone: 04:23. Du richtest dich auf, setzt die nackten Füße auf die Fliesen, wartest, atmest, schaltest die Lampe auf dem Nachttisch ein. Okay, Lola, was hast du diesmal angestellt?

Ihre Schrankseite ist verschlossen. Ihre Schrankseite ist immer verschlossen. Du trägst das T-Shirt und die Unterhose, mit denen du dich letzte Nacht ins Bett gelegt hast. Ein Gedanke durchzuckt dich: »Silencio?«

Aus dem Wohnzimmer ist Rascheln zu hören, kurz darauf das Schlackern von Hundeohren, Krallen auf den Fliesen. Mit zusammengekniffenen Augen tapst Silencio ins Schlafzimmer, lehnt den Kopf gegen dein Knie und stellt eine Vorderpfote auf deinen Fußrücken, als wolle er einen Knopf drücken: streicheln. Du tust es, funktionierst. Wärme. Ein Hund, heißt es, sei seinem Herrn lebenslang treu. Wie muss man so ein Tier behandeln, damit es wegläuft und sich einer zufällig dastehenden Gärtnerin anschließt?

Nach einer Zeit, die dir angemessen erscheint, hörst du auf, ihn zu kraulen, nimmst dein Smartphone, ziehst die Nachttischschublade auf und greifst dir den Schlüsselbund.

»Dann lass uns mal nachsehen.«

Mit eingezogenem Kopf folgst du dem versteckten Pfad, der zwischen Büschen hindurch zum Pool hinaufführt. Eine bessere Aussicht als von hier hast du nur vom Dach des Haupthauses. Das Meer schläft noch unter schwarzblauem Glas, in dem sich der Mond spiegelt. Auf der Küstenstraße ziehen vereinzelt Scheinwerfer ihre Bahnen. Die Luft ist nicht schon dreimal eingeatmet und durch diverse Motoren gesogen worden. Es ist Mittwoch, 4:43 Uhr. Am Nachmittag wirst du den Pool einlassen, übermorgen die Breuers vom Flughafen abholen.

Du traust dem Frieden nicht. Manches erkennt man nur aus der Nähe, anderes bloß aus der Distanz. Mit beiden Handflächen reibst du dir über den Hals, anschließend riechst du an ihnen wie an einem aufgeschlagenen Buch. Unverkennbar. Mit dem Parfum hält Lola echt ein Ding am Laufen. Als wolle sie etwas überdecken. Silencio fiept kaum hörbar neben dir. Du stellst dir vor, dass der Parfumduft für ihn die Dunkelheit durchzieht wie eine Leuchtspur. Das reinste Feuerwerk. Vorsichtig lässt du ihn deine Hand beschnuppern.

»Na los!«, flüsterst du.

Es ist, wie du vermutet hast: Silencio zögert keine Sekunde, trabt augenblicklich los – am Pool entlang, hinüber zum Gästehaus, unter den Kolonnaden des Haupthauses durch bis zur Eingangstreppe auf der Stirnseite. Vor der fliederfarbenen Holztür mit dem Sicherheitsschloss bleibt er schwanzwedelnd stehen. Du befühlst den Bund in deiner Hand, bis der Schlüssel mit dem längsten Bart gefunden ist.

Über der hüfthohen Marmorsäule im Vorflur befindet sich das Display zur Steuerung der Alarmanlage. Gestern Abend hast du den Code geändert, für alle Fälle – 1, 2, 5, D, 8 –, hast ihn in winzigen Ziffern mit Kugelschreiber in deine linke Kniekehle geschrieben, gut verborgen. Doch nicht gut genug. Um 1:52 Uhr wurde die Alarmanlage deaktiviert. Ist nicht das erste Mal, dass sich das Gefühl einstellt, Lola wisse mehr über dich als du über sie.

Im großen Wohnzimmer glimmt Licht. Es kommt aus der Hausbar. Der Überzug des Flügels ist zurückgeschlagen, der rote Filz von innen nach außen gedreht. Als habe sie das Instrument häuten wollen. Die Tücher über den Sofas und Sesseln sind unangetastet. Der Deckel des Flügels ist geöffnet, die Tasten liegen frei. Auf der Ablage steht eine Flasche. Lola spielt Klavier, leidenschaftlich. Doch das ist nur eine Vermutung. Du hast sie niemals spielen hören und weißt selbst nicht einmal, wo auf der Tastatur das C zu finden ist. Wenn sie draußen ist, bist du unter Narkose. Manchmal schliert danach noch eine Tonspur durch dein Gehirn, ob die jedoch von Lola stammt, ist unklar. Es ist wie mit den meisten Dingen bei ihr. Fragen bringen dich nicht weiter.

Tanqueray No. 10. Gin. Die Flasche steht auf einem gelben Klebezettel und ist zu etwa einem Drittel geleert. Daher die Kopfschmerzen. Du musst dran denken, eine neue zu besorgen, bevor die Breuers kommen. Herr Breuer mag keine angebrochenen Flaschen in der Hausbar. Auf dem Zettel steht, in einer vertraut krakeligen Mädchenschrift: *ICH BIN VERSTIMMT!* Du ziehst ihn ab und fragst dich, ob Lola sich der Doppeldeutigkeit bewusst war. Anschließend klappst du den Tastaturdeckel herunter, breitest den Bezug über den Flügel und schließt die Hausbar.

Du trittst auf die Terrasse. Das Meer ist erwacht. Erste Möwen kreischen, leichte Gischt, angenehme Brise. Eine Flasche Gin. Halb so wild. Kein größerer Schaden. Du denkst an Agueda: Wird ein schöner Tag, heute.

Um Missverständnissen vorzubeugen: Du leidest NICHT an Schizophrenie. Zu keinem Zeitpunkt hast oder hattest du Wahnbildungen. Du hörst keine Stimmen, hast keine Halluzinationen, wirst nicht von Außerirdischen oder Geistern gejagt und bist nicht überzeugt davon, dass dir ein Chip ins Hirn implantiert wurde, über den man dich fernsteuert. Zudem hast du ein relativ sicheres Gefühl für deinen Körper, weißt die Grenze zu ziehen zwischen dir und deiner Umwelt, weißt, wie du aussiehst.

Zwei Therapeuten und drei Ärzte brauchte es, um die richtige Diagnose zu stellen: DIS. Dissoziative Persönlichkeitsstörung. Einer von hundert. Oder zweihundert. Schwer zu ermitteln. Das bedeutet, dein Körper ist wie ein Pferd mit zwei Besitzern, von denen immer nur einer im Sattel sitzen kann, und der ist dann Reiter und Pferd zugleich. Die Mitbesitzerin deines Pferdes heißt Lola. Ist nicht einhundert Prozent sicher, aber kaum etwas ist einhundert Prozent sicher. Auch nach fünfzehn Jahren nicht.

Du kannst mit der Bezeichnung nicht viel anfangen: DIS. Persönlichkeits*störung*. Es gibt dein Gefühl nicht wieder. Gestört meint fehlerhaft, und du hast keinen Fehler. Was Lola von der Diagnose hält, weißt du, seit du – damals arbeitetest du noch für Serge – in deinen Wohncontainer kamst, auf deinem Bett die schriftliche Diagnose, auf der Diagnose ein Scheißekringel. Ich scheiß drauf, alles klar. Lola ist nicht zimperlich. Ihr hast du auch dein Tattoo zu verdanken – den Ring aus Stacheldraht um deinen Oberarm. Ein Punker-Tattoo.

Im DSM-4, dem »diagnostischen und statistischen Manual Psychischer Störungen«, findet sich deine Störung unter 300.14

beschrieben: *mental disorder on the dissociative spectrum characterized by at least two distinct and relatively enduring identities or dissociated personality states that alternately control a person's behavior.* Ein Pferd, zwei Reiter.

Klassische Begleiterscheinung: partielle Amnesie. Du kommst irgendwo zu dir und weißt nicht, wie du an diesen Ort gelangt bist und was seit deiner letzten Erinnerung geschehen ist – auf einer Brücke, in einem fremden Bett, in einem Zug nach Kopenhagen, ohne Fahrschein. Eine Zeit lang bekamst du regelmäßig Antworten auf E-Mails, die du nicht geschrieben hattest.

Die Erleichterung der Ärzte, die richtige Nummer gefunden zu haben, war spürbar. Als hätten sie sich jahrelang mit einem mathematischen Rätsel herumgeschlagen und endlich die Lösung gefunden. Die Lösung für das Rätsel Nicolas Keller lautete: 300.14.

Wesentliches verändert hat sich dadurch nicht. Eine Weile hat die Lösung deinen Wunsch befeuert, »normal« zu funktionieren. Du fingst an, unrealistische Forderungen an dich zu stellen, verlangtest dir eine absolute Eindeutigkeit der Emotionen ab, eine Selbstwahrnehmung ohne jeden Zweifel. Jetzt, da man die richtige Nummer gefunden hatte, konnte »Heilung« nur noch eine Frage der Zeit sein. Das waren die Begriffe, in denen du damals dachtest: Störung, Heilung, Normalsein. Ziemlich bald wurde dir jedoch klar, dass es so nicht sein würde. Die richtige Nummer bedeutete in erster Linie, dass die Ärzte sich auf eine verkleinerte Medikamentenauswahl beschränken und die Therapeuten auf bestimmte Fragen verzichten konnten. Und alle sagten sie plötzlich dasselbe.

Manche gaben dir fünf, acht, manchmal auch zehn Fragen Vorsprung, doch irgendwo lauerte immer der gleiche Satz: »Ich kann natürlich nur helfen, wenn die Bereitschaft vorhanden ist, diese Hilfe auch zuzulassen.« Hilfe. Noch so ein trügerisches Wort. Ist »Hilfsbedürftigkeit« erst einmal richtig in dein Selbstbild eingesickert, lässt sie sich nur schwer wieder herauswaschen. Ist wie mit dem Tattoo auf deinem Arm: subkutan.

Therapeuten machen es nach deiner Erfahrung selten einfacher. Nachdem sie die richtige Schublade für dich gefunden hatten, warst du in ihren Köpfen immer schon fix und fertig zusammengebaut, lückenlos. Erst spät solltest du auf eine Ärztin treffen, bei der das anders sein würde, aber das konntest du damals noch nicht wissen.

Irgendwann jedenfalls führten die Gespräche mit den Therapeuten nirgendwo mehr hin. »Ich nehme keine Drogen.« – »Und wie war das früher?« – »Da hab ich auch keine genommen.« Und schon war er da, der professionell verschleierte Zweifel: »Ich kann natürlich nur helfen, wenn die Bereitschaft vorhanden ist, diese Hilfe auch zuzulassen.« Du hast versucht, es zu erklären: »Ich verliere oft genug die Kontrolle über mich. Ich habe kein Interesse daran, diesen Zustand künstlich herbeizuführen.« – »Verstehe.« Verstehe. Ein anderes Wort für Sackgasse. Endstation.

Auf Anraten eines Arztes hast du ein Therapieforum besucht. Großes Wort – Forum. Dagegen klingt »Selbsthilfegruppe« eher kümmerlich. Auch wenn es das war. Eine gleichermaßen tröstliche wie traurige Angelegenheit. Du bist Menschen begegnet, die über sich selbst wie über ein archäologisches Grabungsfeld sprachen. Manche hatten so viele unterschiedliche Identitäten, dass sie eine komplette Fußballmannschaft hätten aufstellen können, bei einigen wechselten die Identitäten wie Bilder einer Diashow, manchmal mitten im Satz. Konnte einem Angst machen. Einer hatte eine zweite Identität, die offenbar weder Deutsch verstand noch lesen oder schreiben konnte, ein anderer eine mit extremer Nussallergie, die seine anderen Identitäten nicht hatten. Einer Frau mit wächserner Haut und Puppenaugen war jeglicher Bezug zu einem wie auch immer gearteten Selbst vollständig abhandengekommen. Als der Gesprächsleiter sie fragte, wie sie den Raum gefunden habe, brach sie in Tränen aus. Sie wusste nicht, wo sie war, und verstand gar nicht, was sie überhaupt noch zusammenhielt. Ein Leben im freien Fall, ein immerwährender Höllenritt.

Im Anschluss hattest du jedes Mal dröhnende Kopfschmerzen. Oft bist du nicht hingegangen. Am Ende warst du froh, »nur« Lola zu haben. Soweit du weißt. Gesichert ist nicht einmal, dass Lola ihr richtiger Name ist. Dass sie überhaupt einen hat. Manchmal unterschreibt sie ihre Zettel so, in Druckbuchstaben. Könnte auch eine Abkürzung sein. Allerdings wüsstest du nicht, wofür.

Mit den Medikamenten war es wie mit den Gesprächen: Sie führten in eine Sackgasse. Mit einigen ließ sich Lola erfolgreich unterdrücken, doch das eröffnete dir nichts. Du wolltest normal funktionieren, aber mach das mal, mit Neuroleptika im Blut und morgens vier Stunden auf der Bettkante, einfach weil du nicht genug Antrieb aufbringst, den Arsch hochzukriegen.

Du würdest nicht sagen, dass diese Jahre vergebens waren. Immerhin haben sie dich zu der Frage geführt, ob du wirklich willst, dass Lola aus deinem Leben verschwindet. Endgültig. Was dann wäre. Und dir ist klar geworden, dass es darauf keine Antwort geben kann. Es ist, als würdest du dich fragen, ob es nicht besser wäre, Wasser statt Luft zu atmen. Mit zwei Identitäten und ohne Medikamente bist du mehr du selbst als mit nur einer Identität *und* Medikamenten.

Die eigentliche »Hilfe« zu dieser Erkenntnis kam von Lola

selbst. Du warst gerade achtzehn geworden und hattest deine erste eigene Wohnung bezogen, als ein Buch in deinem Briefkasten lag, in Folie geschweißt. Ein Roman, auf dem Cover eine Harfe mit gerissenen Saiten, ziemlich sicher geklaut. Ein Geschenk zum Einzug. Die Geschichte dieses Romans ist dir längst entwischt, ein Satz aber ist dir in Erinnerung geblieben: *Wer je behauptet, unmögliche Dinge könne man nicht glauben, tut das aus Mangel an Erfahrung.* Gut möglich, dass du das Buch nie zu Ende gelesen hast. Manchmal braucht man nicht alles zu wissen. Nach diesem Satz allerdings hast du lange über Lola und dich nachgedacht. So lange, bis sich der folgende Gedanke herauskristallisiert hatte: Es ist so, weil es so sein soll. Klingt wie der Buchtitel eines Selbsthilfegurus mit Zahnpastalächeln und Hand unterm Kinn, aber seither kommt ihr besser zurecht, Lola und du. Am Ende ist es scheißegal, was für einen Weg man findet, um zu funktionieren. Hauptsache, man findet einen. Und deiner führte eben über einen Sinnsucher-Buchtitel.

Die Medikamente hast du schließlich abgesetzt. Grund war nicht, dass du nur noch nassen Sand im Kopf hattest. Auch nicht, dass sie deinen Körper aufblähten. Es war, weil es sich Lola gegenüber nicht fair anfühlte. Immer war da die Vorstellung, dich um sie kümmern zu müssen, für sie verantwortlich zu sein. Auch wenn Lola das unter Garantie ankotzt. Du kannst sie verstehen. Weshalb sich für jemanden verantwortlich fühlen, von dem du kaum etwas weißt und mit dem du niemals direkt in Kontakt treten kannst? Und der das noch dazu gar nicht will? Ist eben dein Gefühl, Intuition. Die funktioniert bei dir verlässlicher als gesichertes Wissen.

Du rückst den Rattansessel zurecht, auf dem Agueda bereits an ihrem ersten Tag eine Lücke hinterließ, und legst dir eine Decke um die Schultern. Und während du den Sonnenaufgang erwartest, gehst du im Geiste die Liste der Dinge durch, die heute zu erledigen sind: die Köchin, das Zimmermädchen, die Putzfrau. Blumen für Freitag, Handtücher und Bademäntel, die Zimmer, die Bäder, Warmwasser, der Pool, in Saint-Tropez anrufen und die Yacht klarmachen lassen.

Schließlich beginnt das Meer zu leuchten, fluoreszierend, als ginge die Sonne unter Wasser auf. Silencio liegt schlafend vor dem Sessel und schnauft leise mit jedem Atemzug. Sein linker Vorderlauf ist abgeknickt wie zum Sprung. Das braune Ohr liegt ausgerollt auf den Fliesen. War ein aufregender Tag für ihn, und eine lange Nacht. Im ersten Tageslicht scheinen die Inseln nur einen Steinwurf entfernt. Träge und schwer sitzen sie im Wasser, gestrandet, in der Farbe von Blauwalen. Noch so eine Farbe, mit deren Suche du Tage zubringen könntest. Kein Wunder, dass Monet immer wieder die Kathedrale von Rouen gemalt hat. Es war nie dieselbe.

Du betrachtest Silencios sich hebenden und senkenden Brustkorb, bis du darüber beinahe einschläfst. Doch im Moment, da dein Kinn auf die Brust sinkt, beginnt das Smartphone zu scharren. *7:37. Agueda.*

»Seid ihr zwei schon wach?«

»Guten Morgen.«

»Ich packe gerade meine Sachen … Ist alles in Ordnung bei euch?«

Der Hund schläft wie unter Narkose. Du hebst seine Vorderpfote an und lässt sie fallen.

»Du hattest recht«, sagst du.

»Womit?«

»Silencio ist ein guter Läufer.«

»Vermisst er mich?«

»Warte, ich geb ihn dir.«

Du hältst dem Hund das Smartphone vor die Nase, das

Display beschlägt, während er es gleichmäßig vollschnauft.

»Untreuer Bastard«, sagt Agueda, als du sie wieder am Ohr hast.

Es soll spielerisch klingen, doch die sich anschließende Pause verrät, dass der wahre Grund ihres Anrufs ein anderer ist. Unten in der Bucht zerschneidet ein erstes Motorboot die Wellen. Könnte das von gestern sein. Immer Vollgas.

Du fragst: »Wann geht dein Flug?«

»Elf Uhr dreißig ab Nizza.«

»Wenn du willst, bringe ich dich.«

Das kam schnell. Aguedas Antwort dauert länger.

»Hast du überhaupt ein Auto?«

»In der Garage stehen zwei. Porsche Cayenne oder Renault Kangoo?«

»Wozu braucht jemand zwei Autos, wenn er doch nie da ist?«

»Wozu braucht jemand acht Toiletten und zehn Plasmafernseher?«

Agueda lacht. Ein Aufatmen. Das Boot in der Bucht dreht nach Steuerbord ab und zieht einen perfekten Halbkreis ins Wasser.

»Ich will den Porsche«, sagt sie.

4

Agueda wohnt in einer Anderthalb-Zimmer-Wohnung in Ramatuelle, einem mittelalterlichen Dorf zehn Minuten von der Küste entfernt. Manche Gassen sind so schmal, dass man mit ausgestreckten Armen die Hausmauern beider Seiten gleichzeitig berühren kann.

Sie wartet unter der Laterne auf dem Kirchplatz, der jeden Donnerstag zum Marktplatz wird. So sagt es das Schild neben der Töpferei. Heute stehen hier außer Agueda nur drei ältere Herrschaften in Kurzarmhemden, blinzeln in die Sonne und fragen sich, wo sie hinsollen.

Aus einer versteckten Gasse, die zwischen den Häusern hindurch in den Dorfkern führt, fällt ein trapezförmiger Lichtstreifen auf den Platz. Mittendrin steht Agueda, einen Rollkoffer an ihrer Seite. Zum ersten Mal siehst du sie ohne die Latzhose mit den aufgenähten Knieschonern. Sie trägt die Haare offen, links hat sie eine Strähne hinters Ohr geschoben. Ihre Jeans ist alles, was die Latzhose nicht ist, und ihre Schlüsselbeine glänzen in der Sonne, weil sie etwas mit Trägern anhat, das ihre Schultern frei lässt. Auch die hast du noch nie gesehen. Überhaupt geschehen seit gestern ziemlich viele Dinge zum ersten Mal.

Als du aussteigst, riecht es nach Rosmarin und Honig und ein bisschen nach gebranntem Ton aus der Töpferei.

»¡Hola, Nino!«

»Hallo.«

Du stehst neben dem Wagen, als fragtest du dich, was dich an diesen Ort gebracht hat – wie die drei Herren mit den Leinenhosen, die ihr Glück mit der versteckten Gasse versuchen, gefolgt von ihren Schatten. Dass du dich dabei beobachtet weißt, macht die Sache nicht besser. In deinem Rücken läutet die Kirchglocke neun Uhr.

Schließlich setzen sich die Rollen des Koffers in Bewegung, und Agueda kommt auf dich zu, die Sohlen wie Sandpapier auf dem tausendjährigen Steinpflaster. So wie jetzt hast du sie noch nie gehen sehen. Die Schuhe – sie richten sie auf. Dann steht sie vor dir, unweigerlich, berührt dich. Ein Duft nach Zedernholz mischt sich unter die anderen. Du spürst ihre Finger auf deinem Arm und fragst dich, ob sie diese Augen schon immer hatte und ob du jemals einer schöneren Frau begegnet bist. Und du überlegst, wann dir zuletzt jemand so nah war, und weißt die Antwort nicht, weißt sie tatsächlich nicht.

»Sollen wir?«, fragt sie.

Du öffnest die Heckklappe, und Silencio, der sich vor Aufregung im Kreis dreht, springt Agueda direkt in die Arme.

»Hast du mich also doch vermisst!«

Die Freude des Hundes ist rein, ungebrochen. Keine Erinnerung an vergangene Trennungen, kein Gedanke an die Zukunft. Wie ein Kind, bevor es verstanden hat, dass das Jetzt nur ein Scharnier zwischen gestern und morgen ist, zwischen einem Herzschlag und dem nächsten, und dass es aus diesem Scharnierdasein, wenn man es einmal erkannt hat, solange du lebst, kein Entrinnen mehr gibt.

Ihr verlasst den Ort auf der D61 nach Norden, die Hügel hinab und hinein ins touristische Epizentrum. Ihre Handtasche im Schoß, sitzt Agueda neben dir. Sie wirkt nachdenklich, hat dich gebeten, die Klimaanlage auszuschalten. Seither scheinen ihr die Worte ausgegangen zu sein. In Maleribes biegst du nach links auf die Küstenstraße ab, die in einem Halbkreis um den Golf von Saint-Tropez führt. Ein milchiger Schleier hat sich unbemerkt über den Himmel gelegt und aus der Sonne eine leuchtende Fläche mit verlaufendem Rand gemacht.

Aguedas Blick bleibt auf dem Wasser, als halte sie Ausschau nach einem lange erwarteten Segel. In Saint-Maxime entscheidest du dich für die Route über Fréjus. Die D25 über Le Muy geht schneller, doch die Saison ist vorbei, und auf den Straßen ist so früh nichts los. Du wüsstest gern, wie es sich anfühlt, von Agueda erwartet zu werden. Noch immer kein Wort. Dabei habt ihr dem Meer längst den Rücken gekehrt.

Hinter Fréjus erreicht ihr die Autobahn. Die Bögen werden weiter. Silencio hat sich hingelegt.

Als sei ihr plötzlich etwas eingefallen, wendet Agueda sich dir zu.

»Willst du gar nicht wissen, wohin ich fliege?«

Doch, du willst. Du willst wissen, wer jenseits des Meeres wartet.

»Schon.«

»Warum fragst du mich dann nicht?«

»Ich dachte, wenn du es mir sagen willst, dann sagst du es schon.«

»Auf die Idee, dass ich gerne gefragt werden würde, bist du nicht gekommen?«

Du weißt nichts zu erwidern.

Sie zieht eine Kaugummipackung aus ihrer Handtasche, bietet dir wortlos eins an. Du schüttelst den Kopf. Sie nimmt sich eins und lässt es im Mund verschwinden.

»Mach ich dich verlegen?«

Ihr Pfefferminzatem streift dich.

»Ich kann das nicht so gut«, erklärst du. »Konversation.«

»Auch schon gemerkt, ja?« Sie kaut einen Moment, bevor sie sagt: »Also was ist jetzt – fragst du mich?«

»Wohin fliegst du?«

»Nach Sevilla.«

»Ah.«

Die nächste Frage gibt sie dir noch vor: »Und warum?«

Also wiederholst du: »Und warum?«

Wieder der Blick aus dem Seitenfenster. Kein Meer, kein Segel.

»Ich fliege zu einem Freund.«

Dein Freund?, denkst du, und dass du doch lieber nicht wissen möchtest, wer jenseits des Meeres auf sie wartet. Zu spät. Scheiß Scharnier.

»Er heißt Guillermo«, erklärt Agueda. »Wir waren mal zusammen – oder etwas in der Art. Ist lange her.«

Sie muss schlucken, als sie das sagt, und dann treffen sich eure Blicke. Ihrer ist glasig, und du ahnst, dass ihr gerade auf einen Abgrund zusteuert.

»Er stirbt.« Aguedas Kiefer zermahlen den Kaugummi. »HIV. Früher hat er eine Zeit lang mit Heroin rumgemacht. Wahrscheinlich hat er's daher. Denkt man nicht, oder – dass heute noch jemand an AIDS stirbt. Ist doch voll Neunziger. Heute denkst du doch: Oh, der hat HIV? Dumm gelaufen, aber inzwischen gibt's ja Medikamente, mit denen du auf jeden Fall so alt wirst, dass es okay ist, zu sterben. Alt eben.«

Die Landschaft scheint in einer Endlosschleife vorbeizuziehen. Verdorrtes Gras, karger Boden, rissiger Asphalt.

»Wie alt ist er denn?«

»Vierundfünfzig. Medikamente hat er immer abgelehnt. Als würden die ihn nur von Wichtigerem ablenken. Manchmal denke ich, dass er drauf steht – sterben. Als wäre der

Virus ein Geschenk. Es ist so verdammt ...« – sie macht eine Geste, als balanciere sie einen Pezziball – »... groß! Die Tragik, der Prozess ... Keine Ahnung. Er ist Künstler, weißt du, ziemlich bekannt – nicht nur in Spanien.« Ihre Hände sinken zurück auf die Oberschenkel. »Die letzten sechs Jahre hat er nur noch sich selbst gemalt – als Serie –, zwölf Bilder, in Öl, jedes zwei mal drei Meter. Hat sich Tag für Tag beim Sterben zugesehen und alle halbe Jahr ein Bild fertiggestellt.«

Du überlegst.

»Er hat sich zu seinem eigenen Kunstwerk gemacht.«

»Irgendwie konsequent, oder?«

»Und jetzt möchte er, dass du bei ihm bist.«

»So sieht's aus.«

Du kannst dir denken, warum Guillermo, von allen Menschen, die ihn in seinem Leben begleitet haben, Agueda ausgewählt hat. Mit ihr an der Seite wird alles leichter.

»Wie lange habt ihr euch nicht gesehen?«

»Fast vier Jahre. Da sah er noch ganz normal aus. Müde – als hätte er die Nacht durchgemacht –, aber nicht krank und zum Tode verurteilt.«

Nach und nach wird der Verkehr dichter. Das Übliche. Zwischen Cannes und Nizza zwängen sich das ganze Jahr über Autos aneinander vorbei. Bis zum Flughafen wird sich daran nichts ändern, doch das macht nichts, ihr seid gut in der Zeit. Agueda wird eine Lücke hinterlassen, sobald sie aussteigt – wie immer, wenn sie geht. Du hast es nicht eilig.

Der Flughafen kündigt sich an, bevor er in Sicht kommt. Über dem Meer tummeln sich Flugzeuge, die entweder zur Landung ansetzen oder an Höhe gewinnen. Agueda schweigt – bis ein Schild die Terminals anzeigt und du dich in eine neue Kolonne einreihst.

»Scheiße, ich hab Angst«, sagt sie. Das Terminal rückt in

euer Blickfeld. »Das letzte Mal hab ich mich so gefühlt, als meine Mutter mich aus dem Auto geschoben und die Straße runter gezeigt hat.« Aguedas Blick folgt dem Arm der Mutter von damals. »Das ist der Weg auf die andere Seite‹, hat sie gesagt, und dass ich mich ja nicht umdrehen soll. Da war ich acht, verdammt!«

Du bist im Begriff, auf den Parkplatz zu fahren, doch sie berührt dich an der Schulter.

»Nicht auf den Parkplatz.« Sie zeigt zum Vordach des Terminals. »Lass mich einfach da raus.«

Schrittweise schiebt ihr euch unter das Vordach.

»Hat er dich gemalt – Guillermo?«

»Ziemlich oft sogar. Ich hänge in zwei Museen und in mindestens einem Dutzend Häusern von Leuten, die sich von Menschen wie mir den Garten machen lassen.« Jedes Lächeln von ihr ist ein kleiner Glücksfall – selbst wenn es ein trauriges ist. Nur schmeckt es dann anders. »Und sobald er tot ist«, fährt sie fort, »verdoppelt sich mein Wert wahrscheinlich noch.«

Du stellst den Motor ab. Neben euch fahren Glastüren auseinander und wieder zusammen.

»Kann ich was tun?«, fragst du.

»Machst du doch schon.«

Du denkst daran, wie du, noch in Köln, immer einen Becher Milchreis mit Kirschen im Kühlschrank stehen hattest. Für Lola. Wann immer sie draußen war, war der Becher anschließend weg oder balancierte leergegessen auf dem Badewannenrand oder der Stuhllehne. Immer auf irgendeiner Kante. Essen.

»Schokolade«, schlägst du vor.

Wieder lächelt Agueda, ein Tropfen Honig.

Sie lässt die Tür aufschnappen.

»Kümmer dich gut um Silencio.«

Ihr steht nebeneinander, du öffnest die Heckklappe, ziehst den Koffer heraus. Sie nimmt Silencios Kopf in beide Hände, gräbt die Finger in sein Fell, zieht ihn zu sich heran. Du siehst, wie sie sein braunes Ohr zurückschlägt und beinahe lautlos etwas hineinflüstert, anschließend schiebt sie den Hund in den Wagen zurück und schließt die Klappe. Als sie ihre Hand auf die Scheibe legt, stößt der Hund von innen seine feuchte Nase dagegen und hinterlässt einen Abdruck wie von Kinderfingern.

»Danke.«

Sie stellt sich auf die Zehenspitzen, unerwartet spürst du ihre Hand im Nacken. Im nächsten Augenblick berühren ihre Lippen deine Wange, fest und weich zugleich. Alles.

»Schau nicht so.« Sie zieht den Teleskopgriff aus dem Koffer. »Kannst du nicht lesen?«

Sie deutet über sich, und tatsächlich, da steht es, auf dem Schild unter dem Vordach: *Kiss and Fly Drop-off.*

Die Türen fahren wieder auseinander und zusammen, und dann ist sie verschwunden. Jemand hupt. Du steigst ein, und es ist wie erwartet: Im Wagen klafft eine Lücke.

Du möchtest, dass sie dich mag. Darin liegt die eigentliche Gefahr: im Wunsch, dass sie dich mag. Dass du es ersehnst. Du hast es versucht – niemanden zu wollen, dich zurückzuziehen, im Bungalow hinter dem Orangenbaum zu verschwinden. Doch es ist schwer, es nicht zu wollen. Vielleicht unmöglich. Du wolltest deinen Frieden machen mit der Einsamkeit. Aber du hast verkannt, dass Alleinsein und Einsamsein nicht dasselbe sind.

Es wäre möglich, vielleicht. Vertrauen. Doch sobald man eine Verbindung zu jemandem aufbaut, wird es kompliziert. Und jetzt ist es zu spät. Das Scharnier ist eingerastet.

5

Telefonklingeln. Deine Füße stecken fest. Brennende Augen, Schweiß auf den Lidern. Laufendes Wasser. Schmerzen wie von einem Schlag in den Nacken. Lola. Seit Monaten war sie nicht draußen, und jetzt schon zum zweiten Mal in zwei Tagen.

Zu dir zu kommen ist, wie ein Fisch dem Licht entgegenzuschwimmen, die Oberfläche zu durchstoßen und festzustellen, dass du viel lieber Luft atmest und Wasser gar nicht dein natürlicher Lebensraum ist. Ist Lola draußen, bist du ein Fisch. Was auch immer das bedeutet. Wenn du an sie denkst, ist das anders. Dann siehst du einen Fuchs, hungrig und eingesperrt, in Fehde mit dem Rest der Welt. Ein unguter Zustand. Wenn schon eingesperrt, dann wenigstens nicht hungrig.

Das Wasser reicht dir bis über die Knöchel. Du stehst im Pool, in Turnschuhen und Socken. Die Sonne brennt. Die Luft riecht bereits nach Herbst, doch noch kann die Sonne eine zerstörerische Kraft entfalten. Ihrem Stand nach zu urteilen, fehlen dir etwa vier Stunden, seit du Agueda am Flughafen abgesetzt hast, vielleicht fünf. Vorausgesetzt, heute ist Mittwoch. Es gab Zeiten, da haben dir ganze Tage oder sogar halbe Wochen gefehlt. Die Bewegung des einlaufenden Wassers lässt die Ränder deiner Schuhe verschwimmen.

Dein Smartphone liegt auf dem Rand des Pools und scharrt über den Sandstein. So, wie Silencio es umtänzelt, scheint er es für einen Skorpion zu halten. Du nimmst es, kneifst die

Augen zusammen, spürst, wie sich die Haut auf deiner Stirn spannt.

»Schon gut.« Du legst Silencio beruhigend die freie Hand auf die Flanke und nimmst den Anruf entgegen.

»Guten Tag, Herr Breuer.«

»Nino – wie geht es Ihnen?«

Breuer möchte von dir gemocht werden. Daher die Freundlichkeit. Anfangs dachtest du, er gehöre einfach zu denen, die ihrer Eitelkeit schmeicheln, indem sie sich mit ihren Untergebenen gemeinmachen. Die kanntest du zur Genüge. Kommen Sie, Nino, trinken Sie ein Gläschen mit, ich schenke Ihnen ein, geht auf mich! Was bedeutet schon sozialer Status. Übrigens: Der kostet 120 Euro die Flasche.

Inzwischen aber hast du gelernt, dass es Breuer um mehr geht als die mitmenschliche Geste. Er möchte tatsächlich von dir gemocht werden. Denn er weiß, dass dich weder Macht noch Status oder Geld antreiben – hat es selbst erlebt –, und das wiederum bedeutet: Von dir gemocht zu werden hieße, um seiner selbst willen gemocht zu werden. Im Leben eines Generalunternehmers kommt so etwas praktisch nicht vor, nicht einmal vor dem Traualtar. Das bedeutet nicht, Bettina Breuer würde ihren Mann nicht schätzen und respektieren, nein, aber sie schätzt eben auch, was er ihr zu bieten hat.

»Nino?«

»Herr Breuer?«

»Ist alles in Ordnung?«

Gute Frage. Das Smartphone am Ohr, arbeitest du dich zur muschelförmigen Treppe hinüber und steigst aus dem Pool. Am Kopf der Treppe erwartet dich ein schwanzwedelnder Silencio.

»Entschuldigung«, sagst du, »da war etwas im Pool …«

»Kein Alligator, will ich hoffen.«

Du sagst: »Den Alligator hab ich letzte Woche zu den Jacks gebracht. In deren Pool scheint er sich auch ganz wohlzufühlen.«

Es ist nicht so, dass du nicht wüsstest, wie Ironie funktioniert. Nur liegt sie dir nicht besonders. Ist nicht deine Art zu denken.

Mit den Jacks ist Trinitys Vater gemeint. Egal, wie weit seine Tochter es einmal bringt – sie wird nie ein Pseudonym brauchen. Niemand wird glauben, das sei ihr wirklicher Name: Trinity Jack.

»Ich wusste, ich kann mich auf Sie verlassen«, sagt Breuer. »Ach, Nino …«

Dich durchzuckt der Gedanke, dass bereits Freitag sein und die Breuers am Flughafen stehen und sich fragen könnten, wo ihr Housesitter bleibt.

»Ja?«

»Sie haben an die Blumen gedacht?«

Hast du. Hast alles bestellt, Lilien und Orchideen für 6000 Euro. Freitagfrüh werden sie geliefert und an strategisch ausgewählten Orten über das Anwesen verteilt. Die Villa wird ertrinken in ihrem Duft.

Du wirfst einen Blick in die Auffahrt: Der Porsche steht am Fuß der Freitreppe, offenbar unversehrt.

»Hab ich.«

»Gut. Sie wissen ja, Nino, meine Frau liebt …«

»… Lilien und Orchideen.«

»Richtig. Lilien und Orchideen.«

Breuer ist okay. Er verehrt seine Frau und wünscht sich, um seiner selbst willen gemocht zu werden. Keiner, der anderen Böses will.

Die Türen eines der Zimmer im Nebenhaus stehen offen. Es ist das Dead-Salmon-Zimmer – benannt nach der entsprechenden Farbe von Farrow & Ball –, das du für die Gäste vorbereiten sollst. Eine Bahn der bodenlangen Gardine flappt auf die Terrasse wie der gebrochene Flügel eines Riesenvogels.

»Ich kümmere mich darum«, sagst du.

»… Nino?«

»Das Dead-Salmon-Zimmer …«

Mit schmatzenden Sohlen bewegst du dich auf die geöffneten Türen zu.

»Hatte ich Sie schon danach gefragt?«, hörst du Breuer sagen.

Deine Hand legt sich auf die Klinke.

»Es wird alles vorbereitet sein. Morgen früh kommen die Köchin und das Zimmermädchen. Sushi ja, kein Fleisch. Chia-Samen für Ihre Frau, frische Ananas, Detox-Tee. Für Sie: Eier, Toast, Kaffee. Die Bohnen vom Italiener in Saint-Tropez. Schon besorgt.« Du schiebst den Vorhang zur Seite, spürst einen Druck auf der Brust. Ein penetranter Geruch schlägt dir entgegen. »Der Pool läuft bereits voll, die Stufenbeleuchtung der Freitreppe ist repariert. Ich denke, Sie werden nichts vermissen – außer vielleicht Ihre Arbeit.« Ironie. Wenn es drauf ankommt, geht es.

»Gut«, sagt Breuer, »gut, gut.«

Das Zimmer dagegen ist in keinem guten Zustand. Eine Vorhangbahn ist auf halber Breite von der Stange gerissen, ein Nachttisch umgestoßen. Die Lampe liegt auf dem Boden, ihr Schirm zwei Fingerbreit im Teppich versunken. Über dem Kopfteil des Bettes ist mit etwas, das wie Lippenstift aussieht, ein Strichgesicht auf die Wand geschmiert. Zum Glück hat Lola das daneben hängende Gemälde – die *Seelenlandschaft* eines isländischen Künstlers – verschont. Die *Seelenlandschaft* hat dein Bild von Island nachhaltig getrübt. Um diese Seele beneidet den Künstler niemand.

Das Strichgesicht ist umrahmt von größer werdenden Kreisen – einer Zielscheibe. Ihr Zentrum, der kleine Kreis in der Mitte, liegt zwischen den Augen des Gesichts. Du wirst es übermalen müssen. Was kein Problem ist, denn du hast von allen Farben etwas vorrätig.

Die Ursache für den penetranten Geruch findest du im Bad. Bettina Breuer legt Wert auf »persönliche Handschrift«, und dass sich Gäste in ihrem Haus nicht wie im Hotel fühlen. Als Ausdruck dieser Handschrift findet sich in jedem Gästezimmer eine Auswahl an Shampoos, Cremes und Parfums, die mit dem jeweiligen Farbtyp harmonieren. Im Falle des Dead-Salmon-Zimmers ist das die Orchidée-Serie von L'Occitane. Farblich passt das zwar, aber wie eine Seife mit »totem Lachs« harmonieren soll, ist dir unklar. Du findest die Flakons zerbrochen und das Parfum mit den Cremes und Shampoos verrührt und in der Badewanne verschmiert. Silencio streckt seine Nase zur Tür herein, jault auf und verschwindet wieder.

Als du noch in Köln gelebt hast, war einmal, nachdem Lola draußen gewesen war, dein Fahrrad verschwunden. Diebstahl kam nicht in Betracht. Es hatte im Fahrradkeller gestanden, zusammen mit einem Dutzend weiterer, die alle vorher geklaut worden wären. Also machtest du dich auf die Suche, klappertest die Kneipen in der Gegend ab, die Parks und die Plätze. Auf dem Rückweg, hattest du zumindest in Erfahrung gebracht, dass man dir in drei Kneipen Hausverbot erteilt hatte, außerdem war die Angestellte einer Apotheke bei deinem Auftauchen sofort ins Lager geeilt und hatte ihren Chef vorgeschickt, der dir sagte, dass *du* von ihm nicht einmal einen Traubenzucker erwarten dürftest. Zehn Tage später stand ein Rennrad in deinem Zimmer, Cannondale, königsblau metallic, 21 Gänge, Karbongabel. Eine Entschuldigung. Und geklaut, unter Garantie.

Du warst ungefähr zwölf, als dich Lola das erste Mal aus dem Sattel stieß. Fünfzehn Jahre ist das her. Eine lange Zeit, die für dich praktisch das ganze Leben bedeutet, denn die Erinnerung an das, was davor war, hat sich dir weitestgehend entzogen und hält sich an einem wandelnden Ort in deinem Kopf versteckt, unfassbar wie ein Geist. Manchmal glaubst du, diesem Geist zu begegnen, durch ihn hindurchzugehen. Zu greifen aber ist er nicht.

Manchmal spürst du Lolas Gegenwart. Als ob jemand hinten in deinem Kopf einen Trafo anstellte. Ein Dialog aber ist nicht möglich, nie. Du hast es auf alle erdenklichen Arten versucht, doch sie verweigert es. Es ist nicht mal klar, ob sie weiß, wer du bist. Dass du du bist. In deiner Vorstellung ist sie immer Kind geblieben – dreizehn, vierzehn, vielleicht fünfzehn –, während du älter und erwachsen geworden bist. Doch auch das ist nur eine Vermutung, ein Gefühl wie so vieles. Und immer dieser Zorn.

Warum? Und warum jetzt? Ist es wegen Agueda? Fühlt Lola sich bedroht? Ist sie eifersüchtig? Oder hat das bevorstehende Eintreffen der Breuers sie aufgescheucht? Es ist so, weil es so sein soll. Mit den Jahren hast du gelernt, es anzunehmen. Eins jedoch ist sicher: Ohne Lola wäre dein Leben deutlich unkomplizierter. Du würdest ihr gerne helfen, sie reparieren, neu zusammensetzen. Ihr sagen, dass du sie magst, dass es okay ist. Dass sie nicht immerzu gegen alles anrennen muss. Sie in den Arm nehmen. Doch mach das mal mit jemandem, der nur existiert, wenn du selbst ein Fisch bist. Du kniest dich vor die Badewanne, beugst dich über den Rand und beginnst, die Scherben aufzulesen.

Du hast alles in Ordnung gebracht, den Deckel zurück auf den Farbtopf gedrückt, die Klimaanlage geprüft, den zentralen Warmwasserspeicher in Gang gesetzt, die Rollen der Teakholzliegen geölt, deine Liste abgearbeitet, den morgigen Tag vorbereitet.

Du stehst auf der schmalen Veranda deines Bungalows und hörst in dich hinein. Da ist noch immer dieser Druck auf deiner Lunge – als presse jemand mit dem Handballen auf dein Brustbein. Nicht schmerzhaft, nur penetrant. In deinem Kopf aber herrscht Ruhe. Gleichmaß. Du fährst mit den Fingern über das Holzgeländer und spürst die Erhebungen der Jahresringe. Alles da.

Die Brise, die von der Bucht heraufzieht, trägt bereits die schwere Feuchtigkeit der kommenden Wochen mit sich. Außerdem bringt sie den Duft von Feigen mit. Der Baum vor deinem Bungalow hängt voll davon. Agueda meint, er sei noch jung und außerdem eine eigenwillige Kreuzung. Den behalte sie im Auge, hat sie gesagt. Als sei ihm nicht zu trauen. Letzten Herbst hast du die Früchte zu Marmelade verkocht. Vierzehn Gläser. Reichte bis ins neue Jahr. Dieses Jahr willst du Agueda eins geben.

Silencios Krallen scharren über die Planken. Die Bucht leert sich, die Sonne steht tief über der Calanque. Silencio scheint zu wissen, was das bedeutet. Als du nach unten schaust, hat er dir tatsächlich einen deiner Laufschuhe vor die Füße gelegt.

6

Der Druck auf deiner Brust will nicht weichen. Bei der Schranke angekommen, atmest du wie ein Asthmatiker. Dabei beginnt hier erst der eigentliche Lauf. Gewaltsam ziehst du Luft in die Lunge, versuchst, den Knoten lösen. Die Wärme des Tages wabert über dem Asphalt. Zum Laufen ist es die angenehmste Zeit im Jahr – die Tage zwischen Sommer und Herbst. Du stellst dich der Kraft, die gegen dich arbeitet. Schmerz, hat jemand über das Laufen geschrieben, sei eine Option. Es annehmen. Deine Lebensaufgabe. Es ist so, weil es so sein soll. Deine. Scheiß. Lebensaufgabe.

Du verlierst. So fühlt es sich an. Bis zum Strand von Le Lavandou hältst du stand – die Wende am Hundeverbotsschild, der Blick auf das Meer, die Île du Levant, schwärzlich violett im versiegenden Tageslicht. Bist du erst auf dem Rückweg, schaffst du es bis Rayol. Zwei Kilometer denkst du das – bis du den Pointe de la Fossette passierst. Dann gibst du auf.

Silencio hat sein Bestes gegeben, dich nicht zu stören. Du stehst vor ihm, gebeugt, deine Arme auf die Oberschenkel gestützt.

»Liegt nicht an dir«, bringst du hervor.

Er fiept, dann geht er zwei Schritte auf dich zu und leckt dir das Knie, und das allein – seine Zunge auf deinem Knie – lässt dir Tränen in die Augen schießen. Seit Jahren hast du keinen

Lauf abgebrochen. Du löst die Leine, erst von Silencios Halsband, anschließend von deinem Bauchgurt, und wickelst sie um deine Hand. Der Hund weicht dir nicht von der Seite. Eher brauchst du die Leine, um dich an ihn zu binden, als umgekehrt.

Ihr geht wie in Zeitlupe, ein Fuß vor dem anderen. Am Pointe du Rossignol, die Sonne im Rücken, färben sich die Felsen rot, und das Wasser kippt von Grün zu Schwarz. Ihr geht vor zum Pointe du Layet, dem Ende, und sucht euch einen Felsen. Erst steckt die Sonne den Himmel in Brand, dann sinkt sie als glühende Scheibe ins Meer. Nach und nach erlöschen die Farben.

Es gibt noch andere, die das Spektakel bestaunen. Auf den Felsen sitzen zwei Pärchen, eins Arm in Arm, das andere mit einem Abstand zueinander, der sie eher trennt als eint. Direkt am Wasser hocken drei kiffende Jugendliche, vor ihnen ein Schlauchboot.

Erst als alle gegangen sind und der Himmel die Farbe von Tinte angenommen hat, brecht auch ihr auf. Die Bars und Restaurants sind erleuchtet, das Hotel Cavaliere sieht auf die Entfernung wie ein Ausflugsschiff aus. Ihr geht den Weg, der parallel zur 559 verläuft. Wenn der Verkehr auf der Küstenstraße aussetzt, trägt der Wind Stimmen vom Strand herüber, Besteckklappern, Gläserklirren, den Geruch von gebratenem Fisch und Frites.

Das Tapsen der Hundepfoten hat aufgehört.

»Silencio?«

Der abschüssige Plattenweg, an dem ihr eben vorbeigekommen seid, ist überwuchert und unbeleuchtet. Schatten, die von Schatten überlagert werden. Ein Umriss steht auf dem Weg und hat dir den Kopf zugewandt. Zwei Funken schweben über den Platten. Du rufst ihn, doch Silencio steht nur da und sieht dich an. Langsam zeichnen sich die hellen Stellen seines Fells ab. Du ziehst den Kopf ein und folgst ihm.

Sobald der Hund dich hinter sich weiß, trabt er los, zielsicher – wie letzte Nacht, als er Lolas Spur verfolgte. Du beeilst dich, ihn nicht aus dem Blick zu verlieren. Silencio bewegt sich mit der Sicherheit eines Traumgängers. Der Weg windet sich, führt zwischen etwas hindurch, an einer Biegung peitschen dir Schilfrohre ins Gesicht. Unvermittelt erreicht ihr ebenen Grund. Bevor du Lichter siehst, dringen Geräusche zu dir: Töpfe, Pfannen, eine Männerstimme, die Anweisungen ruft.

Der Weg endet abrupt. Ihr befindet euch auf der Rückseite eines Restaurants, links die Toiletten, rechts die Küche. Aus einem gekippten Fenster zieht Dampf ab. Zwei Rollcontainer stehen neben einer halb verglasten Tür mit beschlagener Scheibe. Der Geruch von Kurzgebratenem hängt unter dem Vordach wie ein Gewitter. In Silencios Kopf muss gerade ein Synapsensturm losbrechen.

Artig setzt er sich neben die Tür und lässt die Zunge aus dem Maul hängen. Abwechselnd drückt er die Vorderpfoten in den sandigen Boden. Du willst ihm die Leine anlegen, als auf der Scheibe ein Schatten Gestalt annimmt und die Tür geöffnet wird.

Der Küchenjunge glänzt vor Schweiß, sogar die Handrücken. Seine Haare hält ihm ein orangefarbenes Stirnband aus dem Gesicht. Er trägt ein T-Shirt, das keine Reinigung der Welt wieder weiß bekommt. In jeder Hand ein zugeknoteter Plastiksack. Beinahe lässt er sie fallen, als er dich vor sich stehen sieht. Dann bemerkt er Silencio, und sein Blick hellt sich auf.

»Ragazzo!«

Er wirft einen schnellen Blick über die Schulter, tritt ins Freie, stellt die Säcke ab und zieht die Tür zu. Da ist Silencio längst aufgesprungen und wedelt mit dem Schwanz. Während der Junge mit den knochigen Schultern den Hundehals massiert, blickt er zu dir auf.

»Ich dachte, er gehört Agueda«, sagt er in gebrochenem Französisch.

»Die musste für ein paar Tage verreisen.«

Der Junge mustert dich, steht auf, lupft einen Containerdeckel an und wirft die Säcke hinein. Mit dem Rücken zu dir fragt er:

»Bist du Aguedas Freund?«

»Sie hat mich nur gefragt, ob ich auf den Hund aufpassen kann.«

Der Containerdeckel schließt sich. Mehr Fragen hat der Junge nicht.

»Warte«, sagt er, gemeint ist Silencio.

Er verschwindet in der Küche, wieder sind Stimmen zu hören, Anweisungen, kein Wort zu viel. Silencio blickt zu dir auf, als erwarte er eine Erklärung. Plötzlich geht die Tür auf und eine Hand kommt zum Vorschein. Ein Klumpen aus Fetträndern und Fleischresten fällt in den Staub. Silencio kaut nichts davon, schlingt alles hinunter, keine Minute braucht er dafür. Er sieht dich an: mehr. Doch die Tür bleibt verschlossen.

Du kennst das Restaurant nicht. Du kennst überhaupt relativ wenig, wenn man bedenkt, wie lange du hier schon lebst. Menschenansammlungen machen dich nervös, und in dieser Gegend sammeln sich überall Menschen an. Auf dem Streifen hinter dem Restaurant wird all das angehäuft, das den Blicken der Gäste verborgen bleiben soll: Müll, Bauholz, ein zerschlissener Schirm, rostige Stühle mit verbogenen Füßen, ein Standaschenbecher, angeschimmelte Riesen-Schachfiguren aus Plastik.

»Silencio?«

Schon wieder ist er dir entwischt. Es bleibt dir nichts anderes übrig, als ihm um das Restaurant herum auf die Vorderseite zu folgen. Hier erwartet dich eine Kulisse wie aus einem Belmondo-Film: Unter dir der Strand, das Ufer von Lichtern betupft, alles ist weit und glänzt, das Meer ein Versprechen. Die Terrasse bietet bequem achtzig Gästen Platz, ohne dass sich jemals ein Gespräch vom Nachbartisch aufdrängen würde. Gläser für Rotwein, Weißwein, Champagner, alle mit Stielen wie die Beine der Edelprostituierten in Saint-Tropez. Jeder Platz ist mit einem halben Dutzend Messern, Gabeln und Löffeln eingedeckt. Auf den Tischen farbige Glasschalen, in denen Kerzen in der Form von aufgeschnittenen Passionsfrüchten schwimmen. Etwa ein Drittel der Tische ist besetzt – die Saison ist vorüber –, vorzugsweise von älteren Herren, die auf interessiert scheinende Frauen einreden, von denen einige so jung sind, dass sie nicht einmal als ihre Töchter durchgehen würden.

»Was macht diese bête schon wieder hier?«

Der Mann mit der Kellnerschürze hat sein Hemd so weit aufgeknöpft, dass sein Brusthaar hervorspringt. Dagegen sprießt ihm auf dem Kopf nicht mehr viel. Seine wenigen, feucht-glänzenden Haare trägt er streng nach hinten gekämmt. Als er dich sieht, vollzieht sich eine Veränderung in seinem Gesicht, er kreuzt die Arme vor der Brust und stellt sich breitbeiniger hin, tiefer Schwerpunkt, kein Vorbeikommen.

»Und *du*? Was willst du schon wieder?«

Sein breiter Akzent weist ihn als einen der Hiesigen aus. Heimspiel. Ohne sich dessen bewusst zu sein, schiebt er die Hüfte vor. Die Beine folgen. So drängt er dich bis an den Rand der Terrasse. Die Gäste sollen möglichst ungestört bleiben.

Du magst es nicht, bedrängt zu werden. Gar nicht. Es löst etwas in dir aus, das du nicht kontrollieren kannst. Eine Kreislaufreaktion. Du spürst den Schweiß durch deine Poren drängen.

»Ich war hier schon einmal?«, fragst du. »Sie kennen mich?«

»*Du*«, wie eine hervorschnellende Schlange bohrt sich sein Zeigefinger in deine Brust, »hast. Hier. Hausverbot!«

»Nicht«, sagst du, »tun Sie das nicht.«

Deine Füße haben die Kante erreicht, deine rechte Ferse hängt in der Luft. Hinter dir führen Stufen zu einem Steg, der das Restaurant mit einem Privatstrand verbindet. Du siehst Silencio zwischen den Tischen hindurch auf dich zulaufen.

»Bild dir bloß nicht ein« – zum zweiten Mal stößt der Zeigefinger zu –, »du könntest hier noch mal aufkreuzen, nur weil du Aguedas Hund hütest.«

»Nicht!«

Unwillkürlich verlagerst du dein Gewicht auf die Fußballen. Ein Schritt weiter und du fällst. Da ist kein Muskel, der nicht angespannt wäre. Mit diesem Adrenalinpegel hätten dich deine Beine bis Saint-Tropez und zurück getragen.

»Woher kennen Sie Agueda?«

»Dégage!«

»Nicht!«

Er schäumt. »Nicht *was*?!«

»Ihr Finger – nicht!«

»Meinst du diesen hier?«

Er ballt die Hand zur Faust und streckt nur den Zeigefinger ab, eine Handbreit vor deinem Gesicht. Silencio ahnt nichts Gutes und fiept, über schwimmende Kerzen hinweg fängst du den Blick einer Frau auf, die den Anhänger ihrer Halskette hin und her schiebt.

Dein Gegenüber holt zum finalen Stoß aus, doch bevor sein Finger auf dein Brustbein trifft, hat sich deine Faust um ihn geschlossen und biegt ihn nach hinten. Er ist dick wie eine Wurst, doch du spürst die Bänder und Sehnen und Knorpel, hörst das Gelenk knirschen – fühlst es mehr, als dass du es hörst –, und dann springt etwas mit einem Knacken aus seiner Position. Der Mann ist fassungslos, den Finger in deiner Faust, sinkt er vor dir auf die Knie, als wolle er einen Heiratsantrag machen. Die Augen der Frau sind geweitet. Den Anhänger ihrer Kette zwischen Daumen und Zeigefinger hält sie in der Bewegung inne. Du löst deine Faust, entlässt den Finger, gehst die Stufen hinunter, entschwindest in der Dunkelheit.

Das war nicht gut – die Sache mit dem Finger. Du weißt nicht, ob du ihn wirklich gebrochen hast, auf jeden Fall hast du etwas in Unordnung gebracht. Und das ist nicht gut, ist nie gut. Etwas so Komplexes wie einen Finger sollte man nicht zerstören, solange er funktioniert. Erst musstest du deinen Lauf abbrechen, dann die Sache mit dem Finger. Und die Geschichte mit Lola, dem Gästezimmer. Der Druck auf deiner Brust hat nachgelassen, doch er ist nicht verschwunden, sondern hat sich über deinen Körper verteilt. Wie etwas, das man sich spritzt.

Ihr habt die Stelle erreicht, an der die Avenue Edouard Mac Avoy auf die Landstraße trifft. Zurück auf Anfang. Jetzt noch den Hügel hinauf, und du kannst das Tor hinter dir schließen und in deinem Bungalow verschwinden. Die Laterne überzieht die beiden Müllcontainer mit Goldglanz – als würden die Gebeine von Heiligen darin bewahrt. Eine Katze stromert um sie herum auf der Suche nach Essbarem, gleitet jedoch unter einem Zaun durch, als sie merkt, dass sich ein Hund nähert.

Silencio bleibt an deiner Seite, selbst als er die Katze ausmacht. Er und du, ihr habt eine Vereinbarung getroffen: Er wird nicht noch einmal weglaufen, nicht noch einmal dein Vertrauen enttäuschen. Euch beiden ist es lieber ohne Leine, also müsst ihr einander vertrauen können.

»Hi, Cutie!«

Eine der beiden, die gestern bei Trinity auf der Rückbank saßen. Vielleicht. Aber nicht die mit der Piepsstimme. Ihr Kopf schwebt über dir. Sie stützt sich mit den Ellenbogen auf der Mauer der Jacks ab. Ihr Haar fällt herab wie ein Wasserfall. Würdest du dich strecken, könntest du die Spitzen erreichen. Aber dann würde sie sich aufrichten, und du müsstest dich noch weiter strecken. Immer genau so weit, dass du sie gerade nicht zu fassen kriegst.

Auch sie gehört zu denen, für die der Montag wie der Sonntag ist. Bei diesen Frauen geschieht nichts zufällig, nicht einmal, wie ihr Haar fällt, oder wie weit es hinabreicht, oder wie der Rauch ihrer Zigarette sich kräuselt und wie viel ihr Dekolleté preisgibt, wenn sie sich mit den Ellenbogen auf eine Mauer stützen.

»Trin meinte, du wohnst gleich nebenan.«

»Stimmt.«

Die Glut ihrer Zigarette leuchtet auf. Sie bläst den Rauch in deine Richtung, doch er verliert sich in der Nacht, bevor er dich erreicht.

»Warum kommst du nachher nicht rüber? Ich glaube, wir machen … irgendwas.« I think, we are having … something.

»Ich überleg's mir«, sagst du, hebst die Hand und setzt deinen Weg fort, Silencio dicht bei dir.

Sie ruft dir nach: »Wenn du dich ohne deinen Hund nicht raustraust, kannst du ihn auch mitbringen. Am Hund soll's nicht liegen!« Du hörst, wie sie beim Sprechen Rauch ausstößt.

»Ist nicht meiner.«

»Ich wette, du kommst nicht!«

7

Du bist die Liste durchgegangen, mehrfach. Alles ist vorbereitet, unter Kontrolle. Du hast etwas Baguette, Ziegenkäse und Feigen gegessen, hast Silencio gefüttert und ihm die Decke geholt, die du ihm bereits für die Fahrt zum Flughafen untergelegt hattest. Du bist sicher, er muss das Öl und Terpentin riechen, das sich in ihren Fasern eingenistet hat, doch es scheint ihn nicht zu stören.

An Schlaf ist nicht zu denken, nicht nach diesem Tag. Dein Körper fühlt sich an wie ein geklopftes Schnitzel, und in deinem Kopf herrscht Überdruck. Du erinnerst dich an die rote Neonleuchtschrift über der Markise des Restaurants: *Maurin des Maures*. Du kannst dich nicht erinnern, schon einmal dort gewesen zu sein. Nicht einmal der Name sagt dir etwas.

Nach dem ersten Winter hast du eine der Teakholzliegen aus dem Poolhaus geholt und unter das Segel deiner Veranda gestellt. Breuer hatte keine Einwände. »Ich möchte schließlich, dass Sie sich wohlfühlen.« Mit dem Segel verhielt sich das anders. Ist ein echtes Bootssegel. *FRA 27* – so die Nummer, die jeden Tag als Schatten über die Bohlen wandert. Als du die Garage zur Werkstatt umfunktioniert hast, kam es hinter einer Reihe aufgeschichteter Ziegelsteine zum Vorschein. Herr Breuer hatte zu dem Segel keinen Eintrag. Wahrscheinlich vom Vorbesitzer. Auf die Frage, ob er etwas dagegen hätte, wenn du es als Sonnenschutz benutztest, ließ er durchblicken, dass ihm etwas Repräsentatives lieber wäre. Du dürftest gerne eine Firma beauftragen, seine Frau wisse da sicher jemanden, aufs Geld komme es dabei nicht an. »Mir auch nicht«, sagtest du. Dagegen konnte er nichts einwenden. »Nino«, beendete er das Gespräch, »ich mag Sie. Bei nächster Gelegenheit würde ich gerne mit Ihnen über berufliche Optionen sprechen.« – »Sie möchten sich beruflich verändern?« – »Ehrlich gesagt, möchte ich Sie beruflich verändern.« – »Ich dachte, Sie mögen mich.« Er überlegte einen Moment. »Haben Sie denn keine Ziele?« Dein Ziel war, normal zu funktionieren. »Doch«, sagtest du. »Aber die haben nichts mit beruflicher Veränderung zu tun.«

Silencio hat sich auf der Decke eingerichtet. Er hat sich ein paarmal im Kreis gedreht, schließlich auf die Seite gelegt, vergewissert, dass du auf der Liege bist, und ist eingeschlafen. Erst hast du gezögert, dann doch den Kontakt gesucht, hast ein Bein von der Liege gleiten lassen und deinen Fuß an seinen Bauch geschoben. Jetzt heben und senken sich deine Zehen mit jedem seiner Atemzüge.

Vom Anwesen der Jacks wehen ein stampfender Bass und Melodiefetzen herüber – ein Song, der von Mai bis September die Côte d'Azur wie ein Flächenbrand überzog. Selbst beim Laufen sprang er dich aus vorbeifahrenden Autos an. Als der Refrain einsetzt, stimmen Trinity und ihre Freundinnen ein: *Don't take me with you / just leave me and go / Didn't we have / the best time?* Nach dem Schlussakkord tritt eine ohrenfüllende Stille ein. Offenbar ist man sich uneins darüber, welcher Song von welcher Playlist folgen soll. In die Stille hinein ruft eine Frauenstimme von jenseits deines Bungalows: »This one's for you, cutie!«

Ein Knall ist zu hören, der Silencio im Schlaf aufschrecken

lässt. Für ein, zwei Sekunden setzt seine Atmung aus, dann landet ein Champagnerkorken auf dem Segel, rollt über den Rand und ploppt neben dir auf die Bohlen. Silencio atmet weiter. Du hast die Lampe neben dem Sofa im Bungalow brennen lassen. Ein schwacher Lichtschein fällt auf die Terrasse, gerade hell genug, um die Schrift auf dem Korken zu entziffern: *Veuve Clicquot Vintage 2002*.

Um 23:42 Uhr erwacht dein Smartphone zum Leben. Für einen Moment betrachtest du den angezeigten Namen, denkst an das Restaurant, spürst den Finger des Kellners in deiner Faust, wie er sich aus seinem Gelenk löst.

Du wischst über das Display.

»Agueda.«

Die sich anschließende Pause ist so lang, dass du dich fragst, ob die Funkwellen deines Smartphones am Satelliten vorbei ins All schießen, wo sie für Jahrhunderte umherirren und erst auf etwas treffen, wenn die Menschheit sich selbst längst ausgerottet hat.

»Agueda?«

Sie muss schlucken. Kein ›¡Hola, Nino!‹.

»Schlaft ihr schon?«

»Silencio ja. Ich telefoniere noch.«

»Geht's ihm gut?«

Ja, denkst du, er hat vorhin einen Batzen rohes Fleisch verschlungen, hinter dem Maurin des Maures. Dort kennt man ihn übrigens, so wie man auch dich dort kennt, und offenbar sogar mich. Aber du hast gerade andere Sorgen.

»Denke schon.«

»Nino?«

»Ja?«

»Er stirbt.«

Du würdest Agueda gerne etwas sagen, das alles an seinen

Platz rückt, eine Kontinuität herstellt, eine Verbindung, von allem zu allem.

»Der Arzt war vorhin noch mal da und hat ihm etwas gegeben«, fährt sie fort. »Ist nicht klar, ob er die Nacht überlebt. Die meiste Zeit sitz ich an seinem Bett und warte darauf, dass er aufhört zu atmen. Das ist alles so … surreal. Vor ein paar Stunden hat er noch gemalt, hat gelacht. Und jetzt sitz ich hier und warte darauf, dass er aufhört zu atmen. Nino – bist du noch dran?«

»Ja.«

»Ich hab das Gefühl, ich bin nicht vorbereitet auf … das. Sterben. Tot sein. Nie wieder etwas anders machen können. Sterben ist scheiße.«

Du weißt nichts zu erwidern, also sagst du:

»Tut mir leid.«

»Er ist noch nicht alt, weißt du? Ich möchte verdammt noch mal alt sein, wenn ich sterbe. Ich will noch so viel! Scheiße, ich meine, ich will noch Kinder und Enkelkinder und Hochzeiten und den ganzen Quatsch. Und meine Mutter wiederfinden … Komisch.«

»Was ist?«

»Ich denk die ganze Zeit, da ist jemand in der Leitung. Hast du Musik an oder so?«

»Das sind die Nachbarn.« Du erinnerst dich an das Mädchen auf der Mauer. »Machen irgendwas …«

»Nino?«

»Ja?«

»Kannst du noch ein bisschen dranbleiben?«

»Sicher.«

»Einfach so, mein ich. Kannst das Handy auch neben dich legen. Ich leg einfach irgendwann auf.«

»Okay.«

Das Smartphone in der Hand, setzt du dich auf, denkst nach. Zum dritten Mal an diesem Abend schwappt *Happy* von Pharrell Williams herüber. Du nimmst den Fuß von Silencios Bauch, stehst auf und gehst die zwei Stufen zum Steinweg hinab.

»Was machst du?«, hörst du Agueda fragen.

»Ich nehm dich mit zum Pool.«

»Hört sich gut an.«

Die Nacht ist sternenklar, die ungleich geformten Steinplatten glänzen im Mondlicht, die ledrigen Blätter des Olivenbaums schimmern wie ein Schwarm winziger Fische.

»Wie ist es?«

»Warte, gleich.«

Du nimmst die letzten Stufen zum Pool, spürst den weichen Sandstein unter den Füßen, drehst dich zum Meer. Die Île du Levant ist ein schwarzer Pinselstrich, in der Bucht spiegelt sich der Mond im geschuppten Wasser, die 559 windet sich als fluoreszierende Schlange die Küste entlang. Vom Himmel regnet es Sterne. Eine leichte Brise zieht vom Meer herauf, salzig und warm.

»Jetzt sag schon – wie ist es?«

»Es ist schön, Agueda. Kaum auszuhalten.«

Nachdem sie aufgelegt hat, fühlst du dich wie ausgeweidet. Agueda versteht es, sogar nach dem Telefonieren eine Lücke zu hinterlassen. Es ist 00:40 Uhr, Donnerstag. Noch immer ist Musik zu hören, leiser jetzt. So leise, dass du die Songs nicht mehr erkennst. Am Gästehaus vorbei gehst du zur Villa hinüber, überprüfst die Stufenbeleuchtung der Freitreppe, kontrollierst die Türen. Als es absolut nichts Sinnvolles mehr zu tun gibt und du zurück zum Bungalow gehst, meldet sich erneut dein Smartphone. Es ist die SmartHome-App: Am Tor zur Einfahrt klingelt jemand. Ein Thumbnail zeigt das Bild der Überwachungskamera. Du tippst es an, worauf es die volle Größe des Displays annimmt.

Trinity blickt von unten in die Kamera, während ihr Arm in der Luft herumwedelt. Sie bewegt sich in Stakkato, was nur zur Hälfte an der verzögerten Übertragung liegt. Du aktivierst die Gegensprechanlage. Das Summen des Lautsprechers ist ihr Stichwort.

»Hi-i, Nino!« Sie winkt in die Kamera.

»Hallo, Trinity.«

»Kannst du mal rüberkommen? Einem von den Girls geht's irgendwie nicht gut.«

Du gehst über den Rasen, den Blick auf dem Display. Wenn Trinity den Kopf zu schnell bewegt, bekommt sie Probleme mit dem Gleichgewicht.

»Nino?«

»Ja?«

»Kannst du nicht mal kommen, bitte! Meiner Freundin geht's echt nicht so gut gerade.«

»Was hat sie?«

»Weiß nicht. Sie ist irgendwie zusammengeklappt oder so.«

Vor der Terrasse bleibst du stehen. Silencio schläft. Alles, was er heute erlebt hat, hat er bereits verstoffwechselt und wieder ausgeschieden. Es gibt Tage, da wünschst du dir, könntest das auch. Aber das geht jedem so.

»Warte.« Du schlüpfst in deine Sandalen und gehst hinunter zur Einfahrt.

Trinity trägt einen goldglänzenden Bikini mit etwas darüber, für das du keinen Namen hast. Es ist dünn, beinahe durchsichtig, hat Ärmel, reicht soeben bis auf die Oberschenkel und ist vorne offen. Dazu High Heels mit Glitzerbesatz. Sie sieht auf tragische Weise entblößt aus.

»Warum rufst du nicht den Notarzt?«

»Die wollen doch garantiert, dass ich was unterschreibe, oder rufen die Polizei oder so.« Nicht nur bewegt sie sich in Stakkato, sie spricht auch so. »Und dann kriegt mein Vater Wind davon.« Effektvoll bohrt sie sich einen Eckzahn in die Unterlippe. Einer ihrer High Heels knickt weg, doch sie fängt sich wieder. »Come on, Nino. Pleeeease …«

Das Tor schließt automatisch. Du wartest, bis es eingerastet ist. Die Tür, die hinter dir ins Schloss fällt.

Trinity hakt sich bei dir ein. Ihr halber Körper hängt an deinem Arm.

»Ich brauche was, an dem ich mich festhalten kann.« Something to hold on to.

Sie hat Schlagseite, allerdings nicht so stark, wie sie sich gegen dich lehnt. Du spürst ihre Wärme und ihre Haut und wie sich eine ihrer Brüste gegen deinen Oberarm drückt.

»So wird's gehen«, meint sie.

Etwa ein halbes Dutzend Männer und Frauen liegen um den Pool und im Haus verteilt. Niemand steht. Auf den ersten Blick scheint es dir, als könne jeder hier Hilfe gebrauchen. Trinity versucht, dich unbemerkt am Pool vorbei ins Haus zu schieben. Ebenso gut könnte sie versuchen, unbemerkt mit einem Panzer über die Promenade von Saint-Tropez zu fahren.

»Hey, Trin, wer iss'n *das*?«

Der Typ liegt auf einer Liege am Pool, die Beine angewinkelt. Er trägt reinweiße Segelschuhe. In kurzen Abständen wirft er sich mit einer ruckartigen Kopfbewegung die Haare aus der Stirn. Sein Blick ist an das iPad geheftet, das er wie ein Lenkrad hält und hin und her dreht.

»Das ist Nino«, sagt Trinity im Vorbeigehen, »von neben-an.«

Er macht eine plötzliche Bewegung mit dem Ding, blickt kurz auf. Er ist jünger als du, drei, vier Jahre.

»Ahh, der Poolreiniger.«

»Bääm!«

Der Ruf kommt von der anderen Seite des Beckens, wo ein zweiter Typ auf der Kante einer Liege sitzt und ebenfalls ein Tablet hin und her schleudert.

Der Typ auf eurer Seite wirft sich die Haare aus der Stirn und ruft über den Pool: »Hast du verficktes Arschloch mir gerade den Schädel weggepustet?«

»Worauf du einen lassen kannst!«, kommt es zurück.

Er drückt auf seinem iPad herum: »Mach dich auf die Antwort gefasst!«

Trinity zieht dich weiter.

»Hey«, ruft der Typ wieder, »wo gehst du hin?«

»Halt die Klappe, Howard.« Sie spricht mehr zu sich selbst als zu Howard, hat ihm bereits den Rücken zugewandt.

»Werd bloß nicht komisch!«, ruft Howard.

Diesmal ist ihre Antwort nicht zu überhören.

»Lass dir einfach weiter den Schädel wegpusten.«

Howard kämpft bereits wieder mit seinem Gerät.

»Uuuh-huuh. Und ich dachte immer, du hast keine Schwachstelle!« Es ist nicht klar, ob damit Trinity oder sein Kollege auf der anderen Poolseite gemeint ist.

»Fuck you, Howie«, erwidert Trinity emotionslos.

Im Wohnzimmer sitzt eine Frau auf einer der Couches und sieht sensationell gelangweilt aus. Auf dem Flatscreen läuft eine dieser Serien, in denen nur junge, gut aussehende Menschen mitspielen, die sich ihr ganzes Leben im selben Zimmer aufhalten.

Trinity führt dich teppichbelegte Stufen hinauf und durch einen langen Flur. Florale Muster, wo man hinsieht, wie Schlingpflanzen. Der Flur macht einen Knick, dann noch einen. Wenn Trinitys Freundin es bis hierher geschafft hat, denkst du, kann es ihr so schlecht nicht gehen. Trinity öffnet eine Tür. Das Zimmer wird zum größten Teil von einem runden Wasserbett ausgefüllt und hat Fenster zu zwei Seiten. Durch eins davon kann man das Meer sehen.

Trinitys Freundin kauert mit angezogenen Beinen unter einem türkisfarbenen Seidenlaken. Sie schaukelt hin und her, als wiege sie sich in den Schlaf. Dabei gibt sie ungute Laute von sich, ein sich wiederholendes Knurren. Du gehst um das Bett herum, setzt dich auf die Kante, streichst der Freundin, die fast noch ein Mädchen ist, die schweißverklebten Haare aus der Stirn. Es ist die, die vorhin auf der Mauer lehnte und mit dir wetten wollte, dass du nicht kommst.

»Wie heißt sie?«

Trinity steht auf der anderen Seite und starrt ins Nichts.

»Trinity! Deine Freundin – wie heißt sie?«

Sie schreckt auf. Erst in diesem Moment scheint ihr bewusst zu werden, wie wenig sie anhat. Aus Scham umschließt sie den Saum des Kleidungsstücks, für das du noch immer keinen Namen hast. Oder es soll nach Scham aussehen.

»Virginy«, sagt sie, Betonung auf der letzten Silbe. »Virginy.«

»Virginy und Trinity – im Ernst?«

»Hab ihr den Namen nicht gegeben.«

Virginys Schultern sind so schmal, dass du achtgeben musst, ihr nicht versehentlich ein Schlüsselbein zu brechen. Du sprichst sie an, doch sie reagiert nicht, hängt irgendwo zwischen Wachen und Schlafen.

»Lass mich«, schnarrt sie und wirft ihren Kopf von einer Seite zur anderen.

Sobald du sie loslässt, beginnt sie wieder zu schaukeln.

Ihre Atmung geht zu schnell. Du willst ihren Puls fühlen, schlägst das Laken zurück und stellst fest, dass ihr Oberkörper entblößt ist. Ihre schweißglänzenden Brüste kommen dir sehr groß vor, wie angeschwollen. Die Warzen sind hart und spitz und beinahe schwarz.

»Sie ist oben ohne zusammengeklappt?«, fragst du.

»Jedenfalls hab ich sie so vor dem Bad gefunden. Vielleicht wollte sie duschen.«

Du ziehst einen ihrer Arme unter dem Laken hervor und fühlst ihren Puls, der eindeutig zu hoch ist, 160, vielleicht noch höher. Dann fasst du sie erneut an den Schultern und zwingst sie auf den Rücken. Das Wasserbett gluckst und schaukelt, Virginy fuchtelt mit den Armen. Du legst ihr eine Hand zwischen die Brüste, fühlst ihr Herz rasen, die Lunge beben.

»Kannst du mir eine Plastiktüte besorgen?«, fragst du.

Trinity steht bewegungslos, den Saum umklammert.

»Was?«

»Sie hyperventiliert«, erklärst du, »zu viel Sauerstoff.«

»Sie macht *was*?«

»Los, besorg mir eine Tüte, Trinity. Oder sag mir, wo ich eine finde.«

Sie schlingert aus dem Zimmer, lässt die Tür offen. Im Gegenlicht zeichnen sich die Rillen ab, die ihre Absätze in den Teppichboden ziehen. Du deckst Virginy so zu, dass ihre Brüste bedeckt sind.

»Virginy?«

Du rüttelst an ihrer Schulter, was zur Folge hat, dass sie Geräusche von sich gibt, als müsse sie sich gleich übergeben. Also holst du aus und gibst ihr eine Ohrfeige. Schwerfällig heben sich ihre Lider. Ein schiefes Grinsen, das unter anderen Umständen sicher eine Menge Liebhaber finden würde, erscheint auf ihrem Gesicht.

»Hi, Cutie.«

»Spürst du deine Finger?«

Unter dem Laken bewegt sich etwas.

»No.«

»Deine Zehen?«

»No.«

»Pass auf, ich werde dir gleich eine Tüte auf's Gesicht halten. Nicht erschrecken, okay? Du hast zu viel Sauerstoff im Blut.«

»Mach einfach, wonach dir ist«, lallt sie. »Um mich zu erschrecken, braucht es mehr als eine Tüte.«

Sie hustet, verkrampft sich, zuckt zusammen.

Als sie wieder Luft bekommt, starrt sie mit aufgerissenen Augen zur Decke und beginnt zu weinen. Kleine Rinnsale ziehen sich lautlos von ihren Augenwinkeln die Schläfen hinab. Ihr Arm schiebt sich unter dem Laken hervor.

»Kannst du meine Hand halten?« Sie flüstert, als ob niemand sonst euch hören dürfe. »Ich werd es nicht spüren, aber ich weiß es ja.«

Trinity kommt und bringt die rettende Tüte. Sie ist rosa mit dem Logo eines Unterwäsche-Herstellers. Du hältst sie Virginy auf Mund und Nase, die wie zum Einverständnis die Augen schließt. Dann stolpert Howard ins Zimmer, sieht Trinity mit dir auf der Kante sitzen – Virginy mit der Tüte auf dem Gesicht –, macht Trinity eine Szene, droht, dir die Nase einzuschlagen, und dann sind Howard und Trinity verschwunden, du hältst Virginys Hand und blickst aus dem Fenster, durch das das Meer zu sehen ist.

Die letzten Lichter auf der Île du Levant sind erloschen, Virginys Atem hat sich beruhigt, auch das Gefühl für ihre Finger ist zurückgekehrt. Vorsichtig nimmst du ihr die Plastiktüte von Mund und Nase. Du denkst, sie sei eingeschlafen, doch sie sieht dich an, vielleicht schon seit Minuten. Als du deine Hand aus ihrer lösen willst, hält sie sich daran fest.

»Wie geht's?«, fragst du.

»Fuck.«

»Hast du Schmerzen?«

»Hier.«

Sie zieht deine Hand unter das Laken und umschließt damit ihre geschwollene Brust. Die Warze drückt sich in deine Handfläche. Ihr schiefes Grinsen kehrt zurück.

»Spürst du's?«, gluckst sie.

»Es ist spät.« Als ob das ihre Frage beantworten würde. »Versuch's mit Schlafen.«

Wieder willst du deine Hand zurückziehen.

»Nein, warte. Tut mir leid. Hier – ich zeig dir, wo es wehtut.«

Sie zieht deine Hand zwischen ihre Beine, drückt deine Finger auf ihre Schamlippen, die feucht sind, heiß und fleischig, und spreizt ihre Schenkel.

»Irgendwo da«, schnurrt sie. »Ich bin sicher, du findest was.«

Du ziehst die Hand zurück. Sie lässt dich. Der Witz ist durch. Oder interessiert sie nicht mehr.

»Bist du böse auf mich?« Alles, was ihr zu dieser Stimme noch fehlt, sind ein Lolli und ein Kuschelteddy.

Du legst die Tüte neben das Bett, stehst auf und bemerkst Trinity, die im Türrahmen lehnt und einen sehr langen Schatten ins Zimmer wirft.

Virginy grunzt, zieht sich das Laken bis zum Hals, dreht sich von dir weg. »Nightinight.«

Trinity wartet, bis du dich an ihr vorbeigeschoben hast, ehe sie sich vom Rahmen löst. Du ziehst die Tür ins Schloss. Sie steht so nah vor dir, dass sie dich gerade eben nicht berührt. Wärme steigt von ihr auf wie von einem Toaster.

»Wie geht's Howard?«, fragst du.

»Vergiss Howie.«

»Ich würde gern gehen, ohne mich mit ihm prügeln zu müssen.«

»Du musst nicht gehen.« Sie deutet mit dem Kinn über ihre Schulter. Dir fällt auf, dass sie nicht länger den Saum ihres Hemdchens umklammert. »Das da ist *mein* Zimmer. Ist ein schönes Zimmer. Und: Das Angebot ist einmalig.«

Du kannst dich nicht erinnern, wann du zum letzten Mal so müde warst. Außer heute Morgen beim Aufwachen. In deinem Hinterkopf pocht es.

»Ich bin nicht, wonach du suchst.«

»Wie kommst du darauf, dass ich auf der Suche bin?«

»Jeder sucht nach etwas.«

Die Erkenntnis der letzten Tage. Du würdest nicht sagen, dass sie dir gefällt, aber *du* bist für diese Erkenntnis völlig belanglos.

»Wenn das so ist …« Trinity ergreift deine Hand, deren Finger noch feucht sind von Virginys Schamlippen. »Warum hilfst du mir nicht, herauszufinden, wo*nach* ich suche?«

Du ziehst deine Hand aus ihrer. Seit du dieses Haus betreten hast, bist du damit beschäftigt, dich aus etwas zu befreien.

»Eine zweite Chance wird es nicht geben.« Ihre Stimme in deinem Rücken. »Da draußen gibt's niemanden, der nicht scharf darauf wäre, mich ins Bett zu kriegen!«

»Nightinight, Trinity.«

8

Ein flüchtiges Gefühl sagt dir, dass dein Smartphone bereits eine Weile vor sich hin schnarrt, als es dich endlich aus dem Schlaf holt. Viertel nach zehn. Ein Ziehen im Nacken. So spät bist du seit Jahren nicht aufgewacht. Lolas Parfum klebt am Kopfkissen.

Vor der Einfahrt stehen die Köchin mit einem Alu-Rollkoffer, in dem sich, wie du weißt, ihre Messer und diverse Kochutensilien befinden, außerdem ein dunkelhäutiges Mädchen, das die andere um zwei Köpfe überragt. Die Köchin heißt Madame Tsuji, und ihr Name ist Programm. Sie ist, so formuliert es Breuer, Trägerin des schwarzen Gürtels im Sushi-Zubereiten.

Das Bild der Überwachungskamera auf deinem Smartphone ist nicht größer als eine Briefmarke, dennoch erkennst du Madame Tsujis unwirschen Gesichtsausdruck, als sie mit energisch gestrecktem Zeigefinger den Klingelknopf in die Wand drückt und im selben Moment deine Hand vibriert.

»Bonjour.«

Du sagst ihr, dass du gleich zum Haupthaus kommst, und lässt das Tor zur Seite rollen.

Das Ausmaß der Schmerzen wird dir klar, als du dich aufsetzt. Wie Nadeln in den Gelenken, jede noch so kleine Bewegung reizt einen Nerv. Selbst das Atmen zieht bis ins Rückgrat. Beim Versuch, aufzustehen, brennen die Kniescheiben. Die fünf Meter ins Bad sind nur zu bewältigen, weil du dich gleich übergeben musst. Kaum steht der Toilettendeckel offen, schießt der Mageninhalt auch schon die Speiseröhre hinauf.

Schweiß tropft von Kinn und Nase. Die Nackenwirbel fühlen sich wund und roh an. Du ziehst dich am Waschbecken hoch, siehst in den Spiegel und erblickst einen Geist. Könnten die Symptome einer Grippe sein oder einer Hirnhautentzündung. Doch du weißt es besser.

Deine Hausapotheke befindet sich in einem Necessaire mit Reißverschluss. Hättest du nicht gedacht – dass deine Finger einmal nicht in der Lage sein würden, diesen zu öffnen. Du klemmst ihn zwischen die Zähne und ziehst an der Tasche, bis sie weit genug geöffnet ist, um hineinzugreifen. Die Tabletten aus dem Blister zu drücken verursacht ein Ziehen bis in den Ellenbogen. Du schluckst drei und trinkst, so viel du kannst. An deinem Spiegelbild vorbei siehst du Silencio mit aufgestellten Ohren in der Tür stehen. Du hältst den Kopf unter den Hahn und drehst das kalte Wasser auf.

Madame Tsuji genügt ein angedeutetes Nicken, um maximale Missbilligung auszudrücken. Alles bei ihr spielt sich im Detail ab. Sie duldet keine Nachlässigkeiten, und sie warten zu lassen ist ein besonders schweres Vergehen. Silencios Anwesenheit macht es nicht besser. Wenn schon Hunde in der Küche, dann gefälligst im Kochtopf. Ihr Alter zu schätzen ist praktisch unmöglich. Sie könnte ebenso gut vierzig wie fünfundsechzig sein. Wenn Disziplin das Prinzip ist, dem du dein Leben unterwirfst, dann lässt sich der Status quo eine ganze Weile halten. Möglich, dass sich seit dem letzten Mal die Stärke ihrer Brillengläser verändert hat, doch auch das ist Spekulation.

Das Zimmermädchen ist noch größer, als es auf deinem Smartphone den Anschein hatte, knapp eins neunzig, größer als du selbst. Ihre Haut ist so dunkel, dass ein »dunkler« sich nicht denken lässt.

»C'est Sephora«, sagt Madame Tsuji, die Worte wie mit dem Lineal gezogen. So, wie sie den Namen ausspricht, könnte man denken, Sephora sei Japanerin.

Unauffällig streifst du mit der verschwitzten Hand über dein Hosenbein, bevor du sie Sephora reichst.

»Nino.«

Ihre Hand ist schmal, die Finger wie Spinnenbeine. Alles an ihr ist lang, grazil, dehnbar. Als sei sie noch nicht fertig, noch im Werden. Eine Pflanze, die alle Energie darauf verwendet hat, in die Höhe zu wachsen, und deren Stamm jetzt reifen muss, wenn der Wind sie nicht abknicken soll.

Du schließt die Haustür auf, deaktivierst die Alarmanlage und rammst dir um ein Haar einen Messergriff gegen den Kopf, als du die Küche betreten willst. Das größte Messer, das im gesamten Haus zu finden ist, steckt zwei Zentimeter tief im Türblatt. Lola hat einen Zettel damit fixiert.

ALLEIN SCHAFF ICH DAS NICHT !!! – Lola

Nach all den Jahren wunderst du dich noch immer über ihre Handschrift. Dass sie so anders ist als deine. Kommt dir sonderbarer vor als die Tatsache, dass sie Klavier spielt, raucht, trinkt, stiehlt – so ziemlich alles macht, was du nicht machst.

Du umfasst den Griff mit beiden Händen, ignorierst die Schmerzen in den Schulterblättern und ziehst das Messer aus der Tür. Sephora reißt die Augen auf, als erlebe sie ein schicksalhaftes Déjà-vu. Du zupfst den Zettel von der Messerspitze und lässt ihn in der Hosentasche verschwinden. Dann übergibst du Madame Tsuji das Messer, als wolltest du die Waffen vor ihr niederlegen. Mit einem Nicken nimmt sie es entgegen. Du bist entlassen.

»Wenn es okay ist«, wendest du dich an Sephora, »zeig ich dir jetzt das Haus und dein Zimmer und erklär dir deine Aufgaben.«

Sie nickt.

Zwei Stunden liegst du auf dem Sofa, den Blick auf die Terrasse gerichtet, verfolgst, wie das Licht sich verändert, durch die Zweige bricht. Deine Insel. So dachtest du. Irgendwann lässt der Druck im Kopf nach, du kannst die Finger wieder bewegen, die Hand zur Faust ballen. Champagnerfarbenes Wildleder. Das Sofa. Mit Sicherheit Frau Breuers Idee. Aber bequem ist es. Silencio liegt auf der Terrasse. Ab und zu stellen seine Ohren sich auf.

Du kramst den Zettel aus der Hosentasche. *ALLEIN SCHAFF ICH DAS NICHT !!!* Du meditierst über der Botschaft, als berge sie ein Rätsel, Koordinaten, ein Anagramm. Was immer Lola getan oder nicht getan hat, war immer vor allem ihr Ding gewesen. Allein schaff ich das nicht. Das ist an dich gerichtet. Sie weiß, dass es dich gibt. Hat Lola es auf dich abgesehen? Will sie dich in etwas hineinziehen?

Du richtest dich auf. Es geht. Atmen. Ein entferntes Ziehen in den Knien, als du aufstehst. Du gehst ins Bad, duschst. Minutenlang putzt du dir die Zähne, versuchst, diesen Geschmack im Mund loszuwerden. Als du dir, das Handtuch um die Hüfte geschlungen, frische Sachen heraussuchst, fällt dein Blick auf Lolas Schrankteil. Du hast dich oft gefragt, was sich hinter der Tür verbirgt und wo Lola den Schlüssel versteckt hat. Parfum, so viel ist sicher. Noten? Lola ist nicht der Typ, der nach Noten spielt. Whiskey? Lola bedient sich lieber an der Hausbar. Ein Kuscheltier – etwas, das ihr Trost spendet, sie in

Sicherheit wiegt? Du weißt es nicht. Weißt gar nichts. Deine Seele hütet ihre Geheimnisse wie Fort Knox.

Kann man knacken – Fort Knox. Aber nicht ohne sich Gewalt anzutun. Die Bezeichnung dafür ist »Rückführung«. Klingt nach Frieden und Harmonie. Worte, wie sie gerne von Diktatoren benutzt werden.

Die Rückführung erfolgt in Hypnose. Der Therapeut, bei dem du damals in Behandlung warst, hatte dich extra an einen Kollegen verwiesen. »Kann man versuchen«, hatte er gesagt. Du hättest gewarnt sein sollen. Die Praxis des Kollegen war in der Südstadt gelegen, eine Remise, ebenerdig, vor dem Fenster ein Beet, Fahrräder, eins davon mit von Blumen durchflochtenem Tragekorb. Über die Behandlungsliege spannte sich ein hellblaues Frotteetuch, an der Decke hing ein abstraktes Bild. Wenn man wollte, konnte man zwei Eierstöcke und zwei Penisse in Orange und Blau darin ausmachen. Streng genommen konnte man kaum etwas anderes darin sehen. Du vermutest, dass es die Einheit von Weiblichem und Männlichem darstellen sollte. Du mochtest es nicht.

Der Therapeut trug einen blonden Bart und hatte Locken, die so aussahen, als sei er gerade vom Fahrrad gestiegen. Er sprach von »erstaunlichen Ergebnissen«, die durch eine Rückführung »erzielt« werden könnten, von »tiefen Einblicken«. Es klang, als habe er ein neues Spielzeug, von dem er wollte, dass du es ausprobierst. Im Nachhinein dachtest du, dass vielleicht darin das Problem lag. Es war ihm mehr um sich selbst als um dich gegangen. Wie das eben so ist mit neuen Spielzeugen. Deine letzte Erinnerung, bevor die Hypnose über dir zusammenschlug, war das Bild über der Liege, Penisse und Eierstöcke – und das diffuse Unbehagen, das dieser Anblick auslöste.

Nach dem Erwachen warst du schweißgebadet. Sogar die Hose klebte an den Schenkeln. Die halbe Behandlungsliege war vollgekotzt, und ein so großes Stück Haut war aus deinem Oberarm gekratzt, dass du dir in der Apotheke ein Spezialpflaster besorgen musstest.

Der Therapeut war auf seinem Drehstuhl in die Ecke gerollt, sein Kopf zur Hälfte hinter einer Zimmerpalme verschwunden. »Ich denke«, er schluckte trocken, »von einer Wiederholung der Prozedur sollten wir absehen.« Prozedur. Vorher hatte das anders geklungen.

Du bist kurz davor, die Schranktür aufzubrechen. Allein schaff ich das nicht. Was, verdammt noch mal, soll das heißen? Solange Lola *ihr* Ding gemacht hat, hast du es akzeptiert. Eine unausgesprochene Übereinkunft zwischen euch. Sie hält sich aus deinem Leben heraus, du respektierst ihren Bereich. Und jetzt?

Neben dir sitzt Silencio, wer weiß, wie lange schon. Macht es wie du – starrt den Schrank an. Du pochst mit den Fingerknöcheln dagegen wie an eine Zimmertür. Schließlich wendest du dich ab, gehst zum Bett, ziehst die Nachttischschublade auf und holst den Autoschlüssel heraus.

Die Regale im Carrefour Market in Cavalaire sind leerer geworden. Es gibt auch keine überfüllten Gänge mehr, keine Sonnencreme ausdünstenden Kassenschlangen, keine Kämpfe um die letzte Mousse au Chocolat, keine zertretenen Tomaten auf dem PVC, keine zigfach betasteten Nektarinen. Auf dem Kundenparkplatz, wo im Juli Männer in zweiter Reihe und bei laufendem Motor in ihren Wagen sitzen und auf ihre einkaufenden Frauen warten, tanzen ungehindert blaue Plastiktüten über den Asphalt. Sechs Wochen noch, dann wird es auch den

Seglern ungemütlich, und die klimatisierte Halle wird für den Winterschlaf eingerichtet, auf Wiedersehen im nächsten Jahr.

Es gibt zwölf laufende Meter Crème Caramel, Crème brûlée, Custard, Crème was weißt du. Praktisch nichts, was nicht in Becher abgefüllt in irgendeinem Regal zu finden wäre. Ausgenommen: Milchreis. Also legst du eine Packung Arborio-Reis in den Einkaufswagen, eine Vanilleschote, Biomilch, Rohrzucker. Anschließend drehst du dich im Frische-Rondell mehrmals um die eigene Achse, während du den Duft einer Kindheit aufzuspüren versuchst, die du nie hattest. Pfirsich. Zwei Kilo davon. Penetrant duftend und so reif, dass sich das Fleisch praktisch von selbst vom Kern löst.

»Was machen Sie denn! Was machen Sie denn für Sachen, um Himmels willen!« Vor Aufregung fällt der Mann in seine Muttersprache zurück – Deutsch. Er zittert. Jetzt steigt auch seine Frau aus dem Auto, blickt an dir vorbei auf die Straße, hält sich die Hand vor den Mund. Du folgst ihrem Blick, drehst dich um. Silencio liegt irgendwie verdreht auf dem Mittelstreifen und versucht gar nicht erst, auf die Beine zu kommen, fragt sich, was mit ihm los ist, sein Blick verständnislos. Auf der Gegenspur nähert sich ein Wagen, bremst, macht einen Bogen um den Hund und beschleunigt wieder.

Du legst Silencio die Hand auf den Hals. Er fiept leise. Es ist nirgends Blut zu sehen, aber sein linkes Hinterbein sieht irgendwie unnatürlich aus, der Winkel ist verkehrt. Die Hand auf seiner Schulter, blickst du zu dem Mann mit den zitternden Händen auf.

»Welcher Tag ist heute?«

9

Die Filzdecken liegen gefaltet und übereinandergestapelt im Kofferraum wie in einer Boutique in Nizza. Du nimmst die oberste und breitest sie neben Silencio auf der Straße aus. Herr Krämer kommt nur schwer auf die Knie herunter und noch schwerer wieder auf die Füße. Die Bewegung erinnert an einen Vierbeiner, der sein gesamtes Leben stehend verbringt, sich zum Trinken aber hinknien muss. So behutsam wie möglich schiebst du Silencio die Hände unter Bein und Hüfte, verteilst sein Gewicht auf deinen Armen. Herr Krämer kniet am Kopfende und sieht dich fragend an.

»Schieben Sie ihm die Hände unter die Schulter«, sagst du.

Frau Krämer steht ein paar Meter weiter auf der Fahrbahn und warnt entgegenkommende Fahrzeuge mit wedelnden Armen. So muss sie den Hund nicht sehen und kann sich dennoch nützlich machen.

»Und wenn er mich beißt?«, fragt Herr Krämer.

»Wird er nicht.«

»Ihr Wort in Gottes Ohr.«

Ungelenk hebt ihr Silencio auf die Decke und tragt ihn zum Auto.

»Ines«, ruft Herr Krämer, »die Tür, schnell!«

Mit wippenden Silberlocken eilt Frau Krämer herbei, hält euch die Tür auf.

Herr Krämer fährt einen Volvo S90. Ein Fond wie ein Foyer. Er schließt die Tür als Letzter. Plötzlich ist es sehr ruhig, wie abtauchen. Silencios Herz schlägt unter deiner Hand. Herr Krämer gurtet sich an, schüttelt den Kopf. Eure Blicke treffen sich im Rückspiegel.

»Zweiundvierzig Jahre unfallfrei«, sagt er, »und jetzt das.« Als sei er bestohlen worden.

»Das ist doch jetzt ganz gleichgültig«, meint seine Frau.

Der Vétérinaire, den Google dir vorschlägt, ist in Cavalaire sur Mer, nahe dem Hafen. Herr Krämer kennt die Adresse. Seine Frau und er wohnen in Cavalaire, wenn auch auf der anderen Seite der 559, zum Hang hin. Vor drei Jahren habe ihr Mann zu arbeiten aufgehört, erklärt Frau Krämer, und seinen Friseursalon verkauft. Den hatte er von seinem Vater übernommen und der ihn wiederum von seinem. Aber keines ihrer Kinder habe ihn weiterführen wollen. Seitdem lebten sie hier.

»Zweiundvierzig Jahre«, murmelt Herr Krämer.

»Jetzt lass doch, Heinz!«

Das Haus mit der Tierarztpraxis ist ein geduckter Flachbau. An der Straße steht ein Pfahl mit einer Leuchtreklame, die über das Dach hinausragt. Vor dem Eingang gibt es drei Stellplätze. Frau Krämer hält erst die Auto-, dann die Praxistür auf.

Der Doktor habe gerade noch eine Sterilisation, sei aber gleich fertig, sagt die Frau an der Anmeldung. Dann werde er sich sofort kümmern. Du notierst den Krämers deine Kontaktdaten auf einer Visitenkarte der Praxis, versicherst, für den entstandenen Schaden (eine Schramme an der Stoßstange sowie ein kaum sichtbarer Riss im Scheinwerfergehäuse) aufzukommen, und begleitest sie nach draußen.

Die Frau mit der Herrschaft über das Vorzimmer trägt einen hellblauen Kittel, ist Mitte fünfzig, so klein, dass du auf ihren ungefärbten Haaransatz blickst, und wird mühelos mit jedem Bernhardiner fertig. Über Silencio gebeugt, tastet sie seine Wirbelsäule ab. Unvermittelt stößt er einen flehenden Laut aus, reißt den Kopf zurück. Du fühlst den Schmerz, als sei es dein eigener. Ihr Blick kann alles bedeuten: Rettung. Das Ende. Sie weiß es selbst nicht.

»Hüfte.«

Du spürst ein Ziehen in der Hand, links, Mittel- und Ringfinger. Manchmal hasst du dieses Leben – dass du nicht so funktionierst wie andere. Du schließt die Augen, presst die Handballen gegen die Schläfen. Es ist so, weil es so sein soll. Dein Mantra. Es ist so, weil es so sein soll.

Ein Scheiß ist es.

Agueda hat dir vertraut, Silencio hat dir vertraut, doch Lola lässt dich ins offene Messer laufen. Wann immer du eine Beziehung zulässt, laufen die Dinge aus dem Ruder. Du kannst es sehen, es spüren, körperlich – fühlst, wie deine Knochen auseinandertriften. Das ist nicht so, weil es so sein soll. Nichts daran fühlt sich richtig an, nichts! *Wollte* Lola vor ein Auto laufen? Urplötzlich seist du auf der Straße aufgetaucht – so hat es Herr Krämer beschrieben. Als hättest du auf ihr Auto gewartet. Hätte er nicht im letzten Moment das Lenkrad herumgerissen, der Wagen hätte *dich* erfasst und nicht den Hund.

Du fährst zusammen, als dich die Hand der kleinen Frau am Unterarm fasst. »Kommen Sie, wir bringen ihn schon mal in den Röntgenraum.«

Während sie den Apparat einstellt und den Tisch mit Silencio darauf in die richtige Position schiebt, fragt sie:

»Wie ist es passiert?«

»Ich weiß es nicht.«

Über den Tisch hinweg wirft sie dir einen Blick zu.

»Ich war nicht … da«, erklärst du.

Sie arretiert den Tisch.

»Sie können bei ihm bleiben, wenn Sie wollen. Aber dann sollten Sie eine Bleischürze anlegen.«

Du stehst in dem gefliesten Raum – fünf Kilo Blei um den Hals und Silencio vor dir auf dem Tisch –, während die kleine Frau mit den zupackenden Händen im Nachbarraum die Aufnahme macht. Kurz darauf kommt sie zurück und schickt dich in den Wartebereich.

»Die Schürze können Sie wieder abnehmen«, sagt sie im Vorbeigehen.

Der Arzt ist so groß, dass er aus Gewohnheit den Kopf einzieht, sobald er durch eine Tür kommt. Der Kittel hängt ihm von den Schultern wie von einem Kleiderbügel, seine Bewegungen sind marionettenhaft. Er klemmt die Aufnahme an eine Wandleuchte und zeigt dir den Bruch – ein schmaler Spalt, der sich wie ein Rinnsal von einer Seite des Hüftknochens zur anderen zieht.

»Glatt«, sagt er. »Sieht nicht so aus, als sei die Kante gesplittert.« Er legt den Kopf schief. »Aber leicht verschoben.«

Er erklärt, dass er es ohne OP versuchen möchte. Er wird Silencio eine Spritze gegen die Schmerzen geben, anschließend wird er ihn sedieren, die Hüfte in Position bringen und mit einem Gurt fixieren. Mit etwas Glück sei der Hund in sechs Wochen wieder fit. Ein bisschen was wird bleiben, aber ein bisschen was bleibt immer.

Du wartest auf einem orangefarbenen Schalensitz neben der Eingangstür. In kurzen Abständen rauschen Autos hinter der Milchglasscheibe vorbei. Das scheint auch die Frau mit dem Kittel zu bemerken, während sie den Behandlungsbericht tippt.

»Wochenende«, sagt sie.

Ihre Worte werden von dem Chaos in deinem Kopf eingesaugt, drehen ein paar Runden und schäumen wieder nach oben.

»Entschuldigung?«

»Ja?«, sagt sie.

»Was haben Sie gerade gesagt?«

»Weiß nicht – dass Wochenende ist?«

Sie spürt den Riss in deiner Seele. Sie kennt sich aus, hat eine Menge gesehen. Wie Silencios Hüfte, denkst du. Glatt, aber verschoben, von einer Seite zur anderen.

Mit dem Kugelschreiber deutet sie über die Schulter. Das heutige Datum wird auf dem Wandkalender von einem roten Wanderquadrat umrahmt. Freitag. Das Gefühl einer nahenden Katastrophe steigt in dir auf. Du ziehst das Smartphone aus der Tasche. Freitag. In fünf Stunden landen die Breuers in Nizza.

Du gehst vor die Tür und löst die Tastensperre des Telefons. Unter der blauen Markise staut sich die Wärme und mischt sich mit den Abgasen der vorbeifahrenden Autos. Atmung. Konzentration.

Als Erstes Madame Tsuji.

»Wo sind Sie?«, fragst du.

»In der Küche. Wo sind Sie? Die Blumen sind da.«

»Sie sind im Haus?«

Falsche Frage. Du merkst es an der Pause, die ihrer Antwort vorausgeht.

»Sie haben mich heute Morgen reingelassen – als Sie mit dem Hund los sind.«

Du suchst nach einer Erinnerung, doch es ist, wie in einer wassergefüllten Kugel zu tauchen. Keine Ecken, keine Kanten, nicht einmal eine Fuge, deren Verlauf du nachziehen könntest.

»Was ist mit … Sephora?«

»Die zeigt dem Floristen, wo er die Blumen aufstellen soll. Da Sie nicht hier sind …«

»Gut. Können Sie ihr bitte sagen, dass jeweils zwei große Vasen am Kopf und am Fuß der Freitreppe stehen sollen? Das ist Frau Breuer sehr wichtig. Die übrig…«

»Die stehen schon da.«

»Gut.«

»Ist sonst noch etwas, Monsieur Nino? Die Vorbereitungen für das Abendessen erfordern meine Aufmerksamkeit.«

Von Madame Tsuji könntest du eine Menge lernen. Sie bringt es fertig, Weisungen entgegenzunehmen und dir gleichzeitig das Gefühl zu geben, es sei ein Privileg, eine Bitte an sie richten zu dürfen. Eine Tempelwächterin. Du überlegst, ob du ihr das mit Silencio sagen solltest. Doch du fürchtest, dass es bei ihr bloß den Reflex auslösen könnte, im Kochbuch unter »Hund« nachzuschlagen.

»Nein«, sagst du, »Danke. Ich komme so schnell es geht.«

Wo endet deine Erinnerung? Letzter Eintrag?

Milchreis. Du hast Milchreis gekocht, die Vanilleschote ausgekratzt, die Pfirsiche geschält und Kompott daraus gekocht. Viel Zucker. Sephora. Sie wird für die nächsten Tage auf dem Gelände wohnen, und du hast sie im Slipper-Satin-Zimmer untergebracht. Es ist das einzige Zimmer im Gästehaus, das nicht über eine zweite Tür verfügt, die sich zum Pool oder zum Meer hin öffnet. Außerdem ist es klein und dunkel und liegt am Ende des Gangs. Doch genau das macht, dass man sich darin geborgen fühlt, und du dachtest, das könnte ihr gefallen.

Ihr habt euch unterhalten. »Ich mag deinen Hund«, sagte sie. »Ist nicht mein Hund.« – »Ich mag ihn trotzdem.« Ihr habt Englisch gesprochen, weil Sephora aus dem Sudan kommt –

aus dem Südsudan, der ein eigenständiger Staat ist. Englisch ist dort Amtssprache. Beides war dir unbekannt. Ihr Name stammt aus dem Hebräischen und bedeutet übersetzt »schöne Blume« oder »schöne Katze« – du hast es vergessen. Das Gespräch hat eine schlummernde Sehnsucht in dir wachgerufen. Es gibt Momente, da wünschst du dir, die Welt zu bereisen, deinen Kopf mit Erfahrung zu füllen, mit Bildern, Gerüchen, Klängen. Da ist noch so viel.

Das Smartphone gibt klopfende Geräusche von sich, und noch bevor du auf das Display siehst, weißt du, dass es Agueda ist und dass Guillermo gestorben ist.

»Wie geht es dir?«, fragst du.

»Keine Ahnung, ehrlich gesagt. Es ist immer noch alles so unwirklich, und dass er jetzt für immer tot sein soll, macht es auch nicht greifbarer.«

Sie klingt gefasst. Du hörst, wie sie sich eine Zigarette anzündet.

»Rauchst du?«

»Früher mal.« Sie pustet den Rauch aus. »Aber hier lagen Zigaretten rum, also dachte ich … Um ehrlich zu sein, hab ich gar nichts gedacht. Schmeckt aber. Vielleicht sollte ich es mir wieder angewöhnen.«

Du wartest.

»Auf eine Art ist es weniger tragisch – jetzt, wo er gestorben ist. Verstehst du, was ich meine? Als hätte er sich selbst erlöst oder so. Weiß auch nicht. Letzte Nacht muss er noch gemalt haben. Hat sein letztes Bild vollendet. Anschließend hat er sich genau so hingelegt, wie er vorher seinen Leichnam gemalt hat, und so ist er dann gestorben. Als ich heute Morgen ins Zimmer kam, hielt er sogar noch den Pinsel zwischen den Fingern, verrückt, oder? Es war alles genau wie auf dem Bild, sogar der Lichteinfall stimmte. Als hätte er sich der Kunst geopfert oder so. Richtig verstanden hab ich die Botschaft dahinter nicht. Die Farbe ist immer noch nicht trocken.« Sie zieht an der Zigarette. Du stellst dir vor, dass sie am geöffneten Fenster steht. »Irgendwie ist es okay, weißt du? Guillermo wollte nicht alt werden. Zu feige. Hat er mir selbst gesagt: ›Das Alter macht mir mehr Angst als der Tod.‹ Er wollte an beiden Enden zugleich brennen, kurz und hell, und dann früh verglühen. Mission erfüllt, würde ich sagen.«

»Wann kommst du zurück?«

»Morgen, denke ich. Der Arzt war vorhin da und hat den Totenschein ausgestellt. Vor einer Viertelstunde haben sie den Leichnam abgeholt – in einen Sack gesteckt und den Reißverschluss zugezogen. Wahrscheinlich schieben sie ihn gerade in irgendein Kühlfach. Lange halt ich es hier jedenfalls nicht mehr aus. Die Wohnung ist jetzt noch unbewohnter als der Mond. Hier gehen nur noch Geister um. Und ich. Gibt noch ein paar letzte Dinge zu regeln, sonst ist aber alles vorbereitet. Nachher kommen sein Anwalt, ein Freund und sein Galerist. Alle drei wahnsinnig nett und wahnsinnig schwul. Wird ein schönes Geheul geben – oh!«

»Ist was?«

»Ich glaube, da unten wird gerade ein Auto geklaut.« Sie nimmt kurz das Handy vom Ohr. Dann ist sie wieder dran. »Und weg sind sie! Das ging schnell. Na ja, der Besitzer kann sich freuen. Die Kiste war echt hässlich. Also ich hätte ein anderes Auto geklaut.« Sie drückt ihre Zigarette aus, macht Platz für neue Gedanken. »Kann es eigentlich sein, dass du mir was zu erzählen hast?«

Du überlegst, wo du anfangen sollst. Am besten jetzt und hier, vor der Tierarztpraxis. Doch Agueda kommt dir zuvor.

»Thierry hat ein paar Mal versucht, mich zu erreichen. Falls du dich fragst: Das ist der Chefkellner in dem Restaurant, in dem ich abends arbeite. Gearbeitet habe, besser gesagt.«

»Ach so, der.«

Silencios Verletzung hat den Zwischenfall auf der Terrasse vorübergehend auf ein Rangiergleis geschoben.

»Genau. Ich bin nicht rangegangen – was Thierry aber nicht davon abgehalten hat, mir eine SMS zu schicken, dass ich gefeuert bin und er *dir* die Nase bis zwischen die Ohren drücken wird, falls du dich noch mal im Maurin blicken lässt.«

»Nicht mit *der* Hand«, überlegst du laut.

»Was hast du gesagt? Red mal ein bisschen deutlicher. Da sind so viele Hintergrundgeräusche.«

Du räusperst dich.

»Ich glaube, ich hab ihm den Finger gebrochen.«

Die Autos stauen sich mittlerweile bis hinter die nächste Kurve zurück. Von weiter unten wird gehupt. Der Stresspegel steigt.

»Im Ernst?!«

»Ich bin mir nicht sicher, aber ich denke schon. Also das Gelenk … Er hat mir seinen Finger in die Brust gebohrt.«

»Du hast ihm den Finger gebrochen, weil er dir damit in die Brust gepikt hat?«

»Ich hatte nicht das Gefühl, dass er mir eine Wahl ließ. Und ich weiß auch nicht, ob er wirklich gebrochen ist. Es war eher das Gelenk.«

»Und deshalb hab ich meinen Zweitjob verloren?«

»Es tut mir leid.« Du willst dich konzentrieren, aber irgendwie bekommst du deine Gedanken nicht sortiert. »Das war nicht richtig von mir. Ich hätte weggehen sollen.«

Nach kurzer Überlegung antwortet Agueda:

»So schlimm ist es auch wieder nicht. Als Chef war Thierry ein ziemlicher Arsch, da hatte ich schon bessere. Und in zwei Wochen hätten die ohnehin keine Verwendung mehr für mich gehabt. Weißt du, was komisch ist?« Bevor du antwortest, fährt sie fort: »Nein, weißt du nicht, blöde Frage. Ich sag's dir: Jedes Mal, wenn mein Handy klingelt – ich weiß gar nicht, ob ich dir das sagen soll. Na egal, ich sag's trotzdem: Jedes Mal, wenn mein Handy geklingelt hat, war ich irgendwie enttäuscht, dass nicht du dran gewesen bist. Weiß auch nicht, warum … Ich find was Neues. Mein Geld reicht 'ne Weile …«

Du denkst an die 3000 Euro, die du jeden Monat verdienst und die dir unverhältnismäßig vorkommen, aber Herr Breuer hat dir versichert, dass für einen Mann in seiner Position »vertrauen können« praktisch unbezahlbar ist. Offiziell bist du in einer seiner Firmen als Facility-Manager angestellt. Du zahlst keine Miete und keine Autoversicherung, keinen Strom, keine Heizung. Sogar das Smartphone läuft auf die Firma. Die einzigen Fixkosten sind ein paar neue Laufschuhe alle sechs Wochen. Auf deinem Konto liegen ungefähr 60.000 Euro, die du in den letzten Jahren einfach nicht ausgegeben hast. Ihr könntet alles zurücklassen, nach Mexiko gehen und Aguedas Mutter suchen.

»Ich hab Geld«, sagst du.

»Das freut mich für dich, Nino«, erwidert Agueda, »ungemein.«

Da ist ein Lichtfleck, der dir wie ein Insekt über den Spann kriecht, nicht größer als ein Centstück. Ursache ist ein kleines Loch in der Markise. Die Wärme staut sich hier wie in einem Zelt. Früher oder später wirst du es ihr sagen müssen.

»Silencio ist angefahren worden.«

Agueda schweigen zu hören macht, dass du dein Leben ändern möchtest.

Sie erwidert: »Kommen da noch mehr Infos, oder war's das?«

Du sagst, dass er sich die Hüfte gebrochen hat und du beim

Tierarzt in Cavalaire bist und auf den Ausgang des Eingriffs wartest. Dass der Arzt meinte, ein bisschen was werde zurückbleiben, aber dass ein bisschen was eben immer zurückbleibe. Aber dass Silencio wieder gesund werde und du nicht genau sagen könnest, wie es passiert sei.

Noch während du das sagst, spürst du bereits die Lücke, die nach dem Telefonat klaffen wird. Du ersehnst Aguedas Rückkehr, und das macht dir Angst, doch es erhebt dich auch.

»Agueda?«

»Ich hör dich, Nino.«

»Wenn du zurück bist, sollte ich dir ein paar Dinge sagen, glaube ich.«

»Hört sich ganz so an.«

Die kleine Frau mit dem verwaschenen Kittel streckt den Kopf zur Tür heraus: »Der Doktor ist fertig.«

»Ich mach jetzt Schluss«, sagst du. »Kann ich dich heute Abend anrufen?«

»Weißt du denn, wie das geht – jemanden anrufen?«

»Ich versuch es einfach.«

10

Du hast per App das Tor geöffnet und lässt dich am Fuß der Freitreppe absetzen.

»Ärmlich, aber sauber«, murmelt der Taxifahrer.

»Ich wohne nur hier«, erwiderst du. Als bestehe das eigentliche Privileg darin, nicht hier zu wohnen.

Sobald du die Autotür öffnest, empfängt dich ein seifiger Duft, der sich wie ein Film auf die Haut legt. 6000 Euro für Lilien und Orchideen, und schon wird aus einer gewöhnlichen Urlaubsvilla eine Seniorenresidenz für verrentete Hollywood-Stars.

Silencio schläft auf der Rückbank. Du ziehst die Decke zu dir heran, nimmst ihn auf die Arme wie eine Opfergabe und steigst die Stufen hinauf. Von Madame Tsuji oder Sephora ist nichts zu sehen, auch wenn der Köchin dein Eintreffen mit Sicherheit nicht verborgen geblieben ist. Der entgeht kaum etwas. Als du Silencio über die Wiese zum Bungalow trägst, bemerkst du Sephora, die am Pool herabgefallene Blüten aufliest. Wie die hüfthohen Standvasen mit den Blumenarrangements sieht auch sie aus wie ins Bild montiert. Weiße Bluse, schwarzer Rock, weißes Spitzenschürzchen, im Haar eine cremefarbene Seidenschleife. Sie richtet ihren biegsamen Körper auf, winkt zaghaft, geht um die Rosenbüsche herum und kommt auf dich zu. Dabei hält sie die aufgesammelten Blütenblätter in einer zur Schale geformten Hand, als dürften sie nicht zerdrückt werden. Frau Breuer wird begeistert sein.

Ihr trefft euch in der Mitte des Rasenstücks. Sephora fragt, was mit Silencio ist, und du sagst, dass er angefahren wurde, und bittest sie, nach ihm zu sehen – nachher, wenn du unterwegs sein wirst, um die Breuers abzuholen. Natürlich, antwortet sie, besieht sich die Konstruktion aus Klettbändern, die Silencios Hüfte zusammenhält, streicht ihm mit der freien Hand über den Hals. Du fragst sie, ob alles für das Eintreffen der Breuers bereit sei. Sie denke schon, sagt sie. Langsam, sehr langsam, lässt deine Anspannung nach.

Bis du mit Silencio auf dem Arm den Bungalow erreichst, steht dir der Schweiß auf der Stirn. Du ziehst mit dem Fuß die Decke glatt und legst den Hund unter dem Segel auf der Terrasse ab. Der blasse Schatten der Bootsnummer streift sein Fell. Es ist diesig. Die Sonne kommt nicht richtig durch. Was gut für die Blumen ist. Und angenehm für Silencio.

Im Bungalow erwartet dich eine Überraschung, die allerdings deutlich dramatischer hätte ausfallen können. Dein Plan, Lola mit Milchreis zu besänftigen, ist nicht aufgegangen. Die Schale liegt zerbrochen vor der Küchenzeile, und der Radius, in dem sich die Scherben und der Reis über den Raum verteilen, lässt darauf schließen, dass Lola sie mit voller Wucht zerschmettert hat. Bis zur Tür und auf das Sofa verteilen sich die Spritzer. Das Pfirsichkompott hat sie gegen die Scheibe über der Spüle geschleudert, von wo es in die Führungsschiene des Fensters gelaufen ist.

Du hast wenig Zeit, also beseitigst du eilig nur die gröbsten Spuren, duschst und holst das Chauffeurs-Outfit aus dem Schrank. Bettina Breuer pflegt einen familiären Umgangston. Ist ihr wichtig – sich das Gefühl zu geben, dass alle einander mögen. Harmonie. Was die Kleidung betrifft, sieht das anders aus. Lockerer Umgangston, strenge Kleiderordnung. Der Status muss erkennbar sein – auch der niedere. Umso sichtbarer die menschliche Größe, wenn man die Angestellten wie seinesgleichen behandelt.

Du ertappst dich mit dem Handtuch um die Hüfte vor Lolas Schranktür. Irgendwann streckst du die Hand aus und ziehst am Griff. Verschlossen. Natürlich. Einen Moment verharrst du so, die Finger um den Griff gelegt. Dann siehst du, wie sich ein Wassertropfen von deinem Ellenbogen löst und am Boden zerplatzt und dein Zorn schnurrt zu dem zusammen, was er ist: eine kindliche Kränkung.

Die Maschine aus Düsseldorf landet mit zwanzig Minuten Verspätung. So erreichst du den Flughafen in Nizza nicht nur pünktlich, sondern hast zudem noch etwas Zeit, zu dir zu finden, die Löcher zu schließen. Die Erschöpfung breitet sich aus. Dabei beginnt die eigentliche Arbeit jetzt erst. Umständlich setzt du dich in der klimatisierten Halle auf eine der Bänke aus gelochtem Metall, stützt die Ellenbogen auf die Knie, legst dein Gesicht in die Hände. Neben dir schläft ein Mann in Khakishorts, die Füße auf dem Koffer gekreuzt. Sein Schnarchen macht, dass du dich doppelt müde fühlst.

Anzughose, schwarze Schuhe, weißes Hemd, Krawatte. Alles Dinge, die du nur aus dem Schrank holst, wenn die Breuers kommen. Entsprechend staubig sind die Schuhe, weshalb du sie am Hosenbein reibst. Nichts verschafft Bettina Breuer größere Befriedigung, als wenn alles so ist, wie sie es sich erträumt hat. Staub auf den Schuhen kann das Bild empfindlich stören. Das ist dein Job. Dafür wirst du bezahlt. Machen, dass alles richtig ist, dass die Breuers sich wohlfühlen. Bettina Breuer besonders. Ist okay für dich. Ohne sie hättest du diesen Job nicht.

Herr Breuer mochte dich, auf Anhieb. Könnte damit zu tun haben, dass die beiden keine eigenen Kinder haben. Projektion. Oder auch nicht. Ist einfach, so zu denken. Jedenfalls hat die Begegnung mit dir etwas bei ihm ausgelöst. Das Jobangebot aber war ihre Idee, da wäre er nicht draufgekommen.

Du hattest neben einer Zapfsäule ein Portemonnaie liegen sehen. Der dazugehörige Bentley entschwand gerade die Aachener Straße hinunter. 800 Euro in bar und jede Menge Karten. Ralf Breuer, Breuer Holding. Die Adresse lag beinahe auf deinem Nachhauseweg. Kein großes Ding, dachtest du. Wird schon nichts passieren. Du gibst die Brieftasche am Empfang ab und gehst wieder.

Die Rezeptionistin machte große Augen, als du das Portemonnaie auf den Tresen legtest. »Da wird sich aber jemand freuen«, sagte sie und rief an dir vorbei: »Herr Breuer – Entschuldigung!« Die Brieftasche in der Hand sah Breuer dich an, als wäre er seit Jahren auf der Suche nach dir gewesen. Der verlorene Sohn. Schon wieder das Kinderthema. In Wirklichkeit natürlich sah er nur, was er selbst irgendwann verloren hatte. Ob er sich irgendwie erkenntlich zeigen könne? Dir fiel nicht ein, wie, also sagtest du, das sei nicht nötig und wolltest dich verabschieden. In dem Moment kam seine Frau hinzu, und dir war klar, dass du in etwas hineingeraten warst.

Sie nahmen dich mit in ein Restaurant, das dich verunsicherte. Jeder noch so kurze Seitenblick identifizierte dich als nicht zugehörig. Bis vor Kurzem hattest du in wechselnden Baucontainern gelebt – mit Menschen, von denen du nicht mal hättest sagen können, welche Sprache sie sprachen. Jetzt solltest du Entscheidungen treffen, Fragen beantworten. Das Gefühl einer Prüfungssituation stellte sich ein.

Frau Breuer war begeistert davon, wie wenig du in ihrer Welt zu Hause warst. Deine Verunsicherung schmeichelte ihr.

Als führe sie dich in einen Geheimbund ein. Die Suppe war soeben serviert, da wollte sie schon wissen, was du im Leben so machst, und du sagtest, du würdest Dinge reparieren. Ihr war anzusehen, dass sie mehr wissen wollte, doch anstatt weiterzufragen, sah sie ihren Mann mit leuchtenden Augen an und berichtete übergangslos von ihrem Haus an der Côte d'Azur, deren Housekeeper sie gerade hätten kündigen müssen, weil er die Villa in ihrer Abwesenheit untervermietet, die Fernseher verkauft und Poolpartys gefeiert habe. Noch vor dem Hauptgang hatte sie dir den Job angeboten.

»Nino!«

Sie hat dich, denkst du. Als hättest du versucht, unentdeckt zu bleiben. Dir wird schwindelig, als du aufstehst. Kurz musst du dich an der Lehne abstützen. Der Typ mit den Khakishorts und dem Koffer ist weg.

»Entschuldigung, Frau Breuer. Ich muss die Durchsage verpasst haben.«

»Das macht doch nichts«, versichert sie. »Jetzt haben wir uns ja gefunden!«

Sie setzt zu einer Bewegung an, bricht jedoch sofort wieder ab. Beinahe hätte sie dem Impuls nachgegeben, dich zu umarmen. Ihr Hut sieht aus wie eine Hochzeitstorte, und in ihrem Rollkoffer ließe sich eine Leiche transportieren. Auf der Suche nach einer angemessenen Begrüßung streckt sie beide Arme vor und ergreift deine Hände.

»Schön, dich zu sehen!« Ihre Finger drücken deine, bevor sie sich von ihnen lösen. »Geht es dir nicht gut? Ich finde, du siehst müde aus. Ich geh eben Ralf holen, der muss da drüben irgendwo sein.«

Sie lässt den Rollkoffer stehen, wendet sich ab und geht quer durch die Halle. Du wünschst dir, die Zeit um eine Woche zurückdrehen zu können. Fünf Tage würden reichen. Da verlief dein Leben noch im Gleichmaß. Dann kam die E-Mail von Breuers Sekretärin.

Doch Wünsche, die in die Vergangenheit gerichtet sind, führen nie aus etwas heraus, immer nur in etwas hinein. Und da steckt man dann fest. Du greifst den Koffer und folgst ihr.

Herr Breuer reicht dir die Hand.

»Tag, Nino.« Sein Blick streift deine Krawatte. »Das nächste Mal aber nicht so förmlich, bitte.«

Es gibt Momente, da ihm sein Reichtum unangenehm ist. Wie ein schlecht sitzendes Jackett.

»Also ich finde, es steht ihm ausgezeichnet!«, erwidert Frau Breuer.

Jetzt, da ihr einander die Hände reicht, scheint etwas von Herrn Breuer abzufallen. Seit einigen Tagen wirst du ständig mit Erwartungen konfrontiert. Als wärst du mit einem Glücksversprechen aufgeladen wie ein geweihter Stein in irgendeiner Grotte, den jeder noch einmal berühren will, bevor er wieder in den Reisebus steigt.

Das Lächeln fällt Breuer schwerer als sonst. Eigentlich ist er ein unaufgeregter, umgänglicher Typ mit einem verschmitzten Grinsen. Ein großer kleiner Junge von eins neunzig und hundert Kilo – auch wenn ihm die Haare dünn und die Schläfen grau geworden sind. Aber nicht heute. Heute wirkt er sehr in Anspruch genommen.

»Ich nehme Ihren Koffer«, sagst du.

»Ja.«

Frau Breuer weicht dir auch dann nicht von der Seite, als du den Gepäckwagen über den Parkplatz schiebst. Sie hat den Arm, von dessen Ellenbeuge ihre Handtasche baumelt, bei dir eingehängt. Mit der freien Hand hält sie ihren Hut fest.

»Endlich.« Sie beschnuppert die Luft, die hier vor allem

nach Autoabgasen und Kerosin riecht. »Palmen. Schon viel zu lange nicht mehr gesehen …«

Drei Schritte hinter euch geht ihr Mann, der sein Smartphone eingeschaltet und offenbar unangenehme Nachrichten vorgefunden hat.

»Dann buchen Sie den Flug eben um, in Gottes Namen«, hörst du ihn sagen. »Die ganze Angelegenheit ist ohnehin ein Possenspiel. Danke. Tut mir leid, dass ich Ihnen den Feierabend verderbe. Und Frau Scheffer? Ich fürchte, ich muss Sie darum bitten, das Wochenende über erreichbar zu bleiben … Danke.«

Du wuchtest die beiden Gepäckstücke in den Cayenne, und als Frau Breuer ihren Hut obendrauf platziert, ist der Kofferraum voll. Ihr fahrt in der gleichen Formation, in der ihr den Parkplatz überquert habt: sie rechts neben dir, ihr Mann auf der Rückbank. Ist ihm lieber. Zwei Stunden mit ausgeschaltetem Smartphone und schon brennt irgendetwas an.

»Wolff?«, fragt sie ihn, als du den Wagen vom Parkplatz rollen lässt und in den Verkehr einfädelst.

Breuer wischt über das Display.

»Behauptet, er könne erst zwei Stunden später fliegen. Wir sollen seinen Flug umbuchen oder einen Privatjet stellen. Erst lädt er sich selbst in unsere Villa ein, als Nächstes stellt er Forderungen. Das Arschloch ist noch nicht mal hier und fängt schon an mit Armdrücken.«

Bettina Breuer nimmt die Sonnenbrille ab, die bis dahin ihr halbes Gesicht verdeckt hat. Ihre Stirn legt sich in Falten. »Arschloch« hat im Sprachgebrauch ihres Mannes gewöhnlich keinen Platz. Sie klappt die Blende herunter, kontrolliert ihre Augen und hält den Kopf so, dass sie ihn im Schminkspiegel sieht.

»Also mit dieser Einstellung …«

»Ich weiß, was du sagen willst, Liebes. Und du hast recht: Mit *dieser* Einstellung wird es schwer werden, einen Verhandlungserfolg zu erzielen. Das Problem ist« – er blickt auf und legt seiner Frau eine Hand auf die Schulter –, »für eine positivere Einstellung bräuchte ich zwanzig Jahre und ein verdammt teures Kloster. Das Geld dafür hätte ich, aber die Zeit nicht.«

»Also?«

»Also harte Bandagen. Eine andere Möglichkeit sehe ich nicht. Außerdem hat Wolff seine ja schon angelegt. Und ich fürchte, in diesem Kampf hat er die Wahl der Waffen.«

Sie klappt die Blende wieder hoch.

»Ist nicht deine stärkste Disziplin – harte Bandagen.«

»Ich weiß.« Er nimmt die Hand von der Schulter seiner Frau und widmet sich wieder dem Smartphone. »Und er *ist* ein Arschloch«, zischt er.

Ihr kehrt Nizza den Rücken und fahrt auf der A8 Richtung Südwesten. Das Meer kommt in Sicht, das größte aller Versprechen – glüht in der Abendsonne wie flüssiges Kupfer, so weit das Auge reicht. Die Segel der letzten Boote sind nicht mehr als weiße Tupfer.

Frau Breuer hält ihr Gesicht in die Sonne, schließt die Augen und beginnt zu schnurren: »Mmmmh …«

11

Frau Breuers Körper ist von entbehrungsreicher Perfektion.
Er könnte einer Sechsundzwanzigjährigen gehören. Dabei ist
sie sechsundvierzig. Manche ihrer Gesten allerdings wirken
wie von einer Sechzigjährigen abgeschaut. Als sie aussteigt,
klatscht sie in die Hände und führt die Finger zum Mund.

»Nino, das sieht fantastisch aus! Und wie das riecht!«

Um sich zu überzeugen, beugt sie sich direkt über die Blüten in einer der Vasen.

»Ganze Arbeit, Nino«, flüstert ihr Mann im Vorbeigehen.

Die abendlichen Schatten schneiden das Anwesen in eine
dunkle und eine erleuchtete Hälfte. Die Freitreppe führt hinauf ins Licht, die Blumen am Kopfende haben ihre weiße Farbe abgelegt und erstrahlen in Rosa – wie die gesamte Villa.
Madame Tsuji und Sephora erwarten die Breuers auf dem oberen Absatz.

Für die Hausherrin reicht es, einmal die Treppe hinaufzu-
steigen, um – eine Veränderung, die sich im Wortsinne stu-
fenweise vollzieht, von der Dunkelheit ins Licht – ganz in ihrer Rolle als Patronne anzukommen. Madame Tsuji deutet eine
Verbeugung an, Sephora vollführt einen Knicks.

»Bestens«, befindet Frau Breuer, und dann, in einem Englisch, das ihren eigenen Ansprüchen nicht genügen kann: »Madame Tsuji – how nice. When can we have dinner?«

»Any time.«

Du gehst voraus und bringst die Koffer ins Wimborne-White-Zimmer – Frau Breuers Lieblingsraum und einer weißen Trüffelpraline ähnlich –, kontrollierst das Bad, das Bett, die Schränke, und findest nichts, das zu korrigieren wäre. Sephora ist ein Glücksgriff.

Erst auf dem Rückweg bemerkst du, dass etwas fehlt. Wasser. Das Geräusch des Brunnens im Hof. Du hast vergessen, ihn anzustellen. Er besteht aus einem lebensgroßen, aus der Mauer ragenden Löwenkopf über einem Renaissancebecken. Der Hahn befindet sich in einer von Efeu überwucherten Nische. Du gehst in die Hocke, streckst eine Hand durch die Blätter, ertastest den Metallgriff und drehst daran. Vorletztes Jahr hast du bei dieser Gelegenheit nicht den Hahn, sondern eine Eidechsennatter ertastet, die dich jedoch nicht biss, sondern seitlich aus dem Efeu kroch und in einer Ritze hinter dem Travertinsockel verschwand. Das Gewinde sollte mit neuem Hanf abgedichtet werden, wie dir auffällt. Der Löwe rülpst und gurgelt, dann beginnt er, Wasser zu speien.

»Nino!«

Drei Minuten haben Frau Breuer gereicht, um das erste Mal die Garderobe zu wechseln. Sie trägt eine lavendelfarbene Hose, durch deren Stoff sich ihre Beine im Gegenlicht abzeichnen, dazu eine farbgleiche Kimono-Interpretation. Sie ist so nah an dich herangetreten, dass du den Kopf in den Nacken legen musst, um ihr nicht in den Schritt zu gucken. Ihr Parfum kitzelt dich in der Nase. An deiner Hand kleben Spinnweben, als du sie aus dem Efeu ziehst.

»Weshalb ist auf der Terrasse nur für zwei gedeckt? Du wirst doch wohl mit uns essen?«

Du stehst auf, reibst die Handflächen gegeneinander.

»Vielen Dank, Frau Breuer, aber ich wäre Ihnen keine gute Gesellschaft heute.«

»Unsinn. Du bist einfach zu bescheiden. Ich bestehe darauf.«

»Bitte tun Sie das nicht. Sie haben es ja vorhin schon gemerkt: Mir geht es heute nicht so gut.«

Innerhalb eines Wimpernschlags wird aus dem fordernden Mädchen eine besorgte Mutter.

»Bist du etwa krank?«

»Nein. Ich habe nur die letzten Nächte nicht besonders geschlafen.«

Die Rückverwandlung in das trotzige Kind dauert ebenfalls nur Sekundenbruchteile.

»Wenn das so ist, dann *musst* du mit uns essen. Müdigkeit lasse ich als Entschuldigung nicht gelten.«

Du funktionierst nicht gegen deinen Willen. Wenn du versuchst, dich gegen innere Widerstände zu etwas zu zwingen oder zwingen zu lassen, geht das nicht gut aus.

»Wirklich – ich möchte lieber nicht …«

Sie ist im Begriff, deine Einwände ein weiteres Mal beiseitezuwischen, als die Stimme ihres Mannes ertönt: »Liebes, ich bitte dich – lass ihn vom Haken. Es ist doch offensichtlich, dass er nicht möchte.«

Er kommt in den Hof, legt seiner Frau einen Arm um die Hüfte.

»Danke, Nino. Für heute können Sie Schluss machen.«

Frau Breuer hat einen geschulten Instinkt und weiß, wann es an der Zeit ist, dem Willen ihres Mannes nachzugeben.

»Also schön«, sagt sie und fährt tatsächlich ihren Zeigefinger aus. »Aber zum Frühstück erwarte ich dich auf der Terrasse, mein lieber Nino!«

Es ist spät, kaum noch Tageslicht. Du wirst dir die Knöchel brechen. Doch wenn du jetzt nicht laufen gehst, überstehst du den morgigen Tag nicht. Im Schrank in der Werkstatt liegt eine LED-Leuchte mit Stirnband – praktisch für Reparaturen, die man auf dem Rücken liegend ausführen muss. Du ziehst sie auf und stellst das Band ein. Sollte funktionieren. Vielleicht wirst du dir die Füße doch nicht brechen.

Bis zu den Calanques de Peire Gouerbe ist dein Kopf nichts als ein Knäuel dunkler Gedanken. Erst dann beginnen sich, einer nach dem anderen, die Fäden zu entwirren. Du stellst dir vor, wie Agueda schlaflos zwischen Guillermos Bildern sitzt, befallen vom Bewusstsein der eigenen Endlichkeit. Und du fragst dich, wie du ihr sagen sollst, was du bist – zwei Seelen im selben Körper – und wie sie diese Information wohl aufnehmen wird, und warum, verdammt noch mal, es dir so wichtig ist, *wie* sie es aufnehmen wird.

Am Wendepunkt in Le Lavandou unterbrichst du den Lauf, hörst in deinen Körper hinein – der nicht in bester Verfassung ist, undurchlässig, mit Knoten an allen möglichen Stellen – und dehnst die Waden. Die Wellen kommen, brechen, schwinden.

Zwei Drittel des Rückwegs liegen hinter dir, als du in den unbeleuchteten Tunnel aus wild wucherndem Schilf und überhängenden Bäumen eintauchst, an dessen Ende die Schranke wartet, in die du besser nicht hineinlaufen solltest. Der dichte Bewuchs schluckt die Geräusche. Als hättest du mit einem Mal Wachs in den Ohren. Du hörst deinen Puls, spürst deinen Atem. Die Lampe ist so eingestellt, dass ihr Licht zwei Meter vor dir auf den Boden trifft, Löcher erfasst, Eidechsen vertreibt, dich durch die Dunkelheit geleitet. An der Stelle mit dem dichtesten Bewuchs – nirgends ist mehr der Himmel zu sehen – merkst du, dass etwas nicht stimmt, furchtbar verkehrt ist.

Silencio. Er ist weg. Längst hättest du das Ausbleiben seiner Schritte bemerken müssen. Doch jetzt ist er weg, und das darf nicht sein, unter keinen Umständen.

»Silencio?« Die Büsche pflücken seinen Namen von deinen Lippen und verschlucken ihn, kaum dass du ihn ausgesprochen hast, »Silencio!«, du machst auf der Stelle kehrt, leuchtest mit der Stirnlampe die Büsche ab, beginnst zu rennen – »Silencio!« –, zurück zur Abzweigung an der 559, stellst dich atemlos unter die Laterne, in der Hoffnung, besser von ihm gesehen zu werden, drehst dich im Kreis, rufst seinen Namen in jede Himmelsrichtung, er könnte überall sein.

»Haben Sie sich verirrt?« Vous êtes perdu?

Um nicht von deiner Stirnlampe geblendet zu werden, kneift der ältere Herr die Augen zusammen. Die Hände hochnehmen kann er nicht, denn er ist schwer mit Tüten beladen.

»Quoi?«, fragst du.

»Suchen Sie etwas?« Vous cherchez quelque chose?

»Ich … Welcher Tag ist heute?«

»Welcher Tag?«

»Ja – welcher Wochentag?«

»Freitag. Könnten Sie freundlicherweise die Lampe …«

Du führst eine Hand an die Stirn und richtest die Lampe in den Nachthimmel. »Silencio …«

»Wie bitte?«

»Mein Hund.«

»Sie suchen Ihren Hund?«

Und erst jetzt fällt dir ein, dass Silencio auf der Terrasse liegt und schläft, sich von dem Unfall erholt und die Medikamente ausschwitzt. Du spürst ein Pochen hinter den Schläfen, ein Ziehen im Arm.

»Schon gut …« Du weichst zurück.

Der Mann neigt den Kopf zur Seite, fragt sich, was er von dir zu halten hat. Schulterzuckend wendet er sich ab, schlurft mit ausgetretenen Sandalen davon, verschwindet mitsamt seinen Tüten und lässt dich im Lichtkegel der summenden Laterne zurück, umschwirrt von Motten und Faltern und mit dem Gefühl, keinen Meter mehr gehen zu können.

Mehr als eine Stunde benötigst du für die letzten drei Kilometer. Die Steigung, die zur Breuer-Villa hinaufführt, beschert dir mit jedem Schritt ein Stechen in der Wade. Sämtliche Sehnen und Bänder in deinem Körper scheinen sich zu verkürzen. Außerdem bist du von Mücken zerfressen.

Vor der Villa der Jacks suchst du nach Anzeichen einer überfallartigen Kontaktaufnahme. Heute Nacht jedoch ist alles ruhig. Keine Musik von jenseits der Mauer, das Gebäude ist unbeleuchtet. Freitag. Partytag. Trinity und ihre Gang sind in den Clubs von Saint-Tropez unterwegs. Denkst du.

Du hast die letzte Spitzkehre hinter dir und siehst bereits das Einfahrtstor der Breuer'schen Villa, als du den Blick zurück riskierst. Es ist die einzige Stelle, von der aus das Anwesen der Jacks einzusehen ist. Der Garten ist ungleichmäßig geformt, zur Küste hin läuft er spitz zu wie ein Schiffsbug. Aus diesem Schiffsbug ragt eine dreißig Meter hohe Palme in den Himmel, die von zwei Halogenleuchten angestrahlt wird. Bei Nacht ist sie mühelos aus großer Entfernung zu erkennen.

Unter dieser Palme, dem Meer zugewandt, steht eine Liege. Bei genauerem Hinsehen bemerkst du einen aufsteigenden Rauchfaden, der verwirbelt wird, sobald die Wärme der Scheinwerfer ihn erfasst. Ein Arm ruht auf der Lehne, ein Bein ragt über das Fußteil. Der Rest des Anwesens ist in Dunkelheit getaucht, nicht einmal der Pool ist erleuchtet.

Irgendwann drückt Trinity im Gras neben der Liege ihre Zigarette aus und richtet sich auf. Als hätte sie eine Information erhalten, dreht sie sich um und sieht dich auf der Straße stehen. Über die Mauer hinweg blickt ihr einander an. Ihr Gesicht ist nicht zu erkennen, doch du meinst, eine Veränderung zu bemerken. Eine Weile verharrt ihr reglos, dann scheint kurz eine Flamme auf und Trinity verschwindet wieder hinter der Lehne. Rauch steigt empor. Eine Fledermaus dreht Achten unter der Laterne, stößt in den Lichtkegel, entschwindet in die Dunkelheit, kehrt zurück. Du gehst einen Schritt rückwärts, noch einen, und dann verschwindest auch du in der Dunkelheit.

Silencio schläft. In seiner Ohnmacht hat er die Decke vollgepinkelt. Der Arzt hat dir gesagt, dass damit zu rechnen und dass es kein Grund zur Besorgnis sei. Nicht heute. Bis Sonntag allerdings sollte sich die Situation normalisiert haben, sonst müsstest du am Montag noch einmal in der Praxis vorstellig werden.

Du holst die gemusterte Tagesdecke – ein Geschenk von Frau Breuer – aus dem Schlafzimmer und breitest sie vor dem Sofa aus. Anschließend kniest du dich neben Silencio, nimmst ihn vorsichtig auf den Arm und trägst ihn in den Bungalow. Im Halbschlaf leckt er deine Hand, was dich sonderbar berührt, weil es dir zeigt, wie hilflos er ist, wie abhängig. Und dass er keine andere Wahl hat, als ausgerechnet dir zu vertrauen.

Du füllst seine Wasserschale, stellst sie vor ihn und hältst seinen Kopf so, dass er ohne Anstrengung trinken kann. Kurz verdreht er die Augen, erkennt dich – wahrscheinlich – und schläft weiter, bevor du seinen Kopf wieder abgelegt hast.

Zum ersten Mal seit vielen Jahren siehst du nach, ob eine SMS eingegangen ist. Was nicht der Fall ist. Du gehst hinaus auf die Terrasse, hängst die Filzdecke zum Lüften über das Geländer, blickst hinunter in die Bucht. Der Mond spiegelt sich auf dem Wasser, ein kühler Luftzug streicht über deine Fußrücken. Keine Nachricht von Agueda. Das Kastell auf dem Hügel ist erleuchtet wie eine Touristenattraktion und wird von Nachtschwalben umkreist. Und dann sagt dir ein feines, gedämpftes Surren, dass jemand die Gegenstromanlage des Pools eingeschaltet hat. Es ist Samstag, 00:18 Uhr.

Frau Breuer krault auf der Stelle. Ihre Arme und Beine arbeiten mit der Präzision eines Schweizer Uhrwerks. Ihr ohnedies schlanker Körper wirkt wie zusätzlich in die Länge gezogen. »Schlank sein ist der neue Bentley«, hat sie im vergangenen Jahr erwidert, als Herr Breuer sich um ihr Gewicht sorgte. »Da kann ich mich ja glücklich schätzen, noch einen alten Bentley zu haben«, sagte er. Bei jedem dritten Zug holt sie Luft, atmet wechselweise zur einen, dann zur anderen Seite. Die in die Gegenstromanlage integrierten LEDs bilden die einzige Lichtquelle. Das Haus ist dunkel, die Läden der Wimborne-White-Suite sind geschlossen. Madame Tsuji hat ihren Messerkoffer gepackt und ist abgeholt worden, Sephora hat sich in ihr Zimmer zurückgezogen. Bettina Breuer liegt so flach im Wasser, dass ihre Pobacken im Wechsel die Oberfläche durchstoßen. Sie ist nackt. Dir ist kalt.

Wann immer sie nach rechts atmet, dreht sie den Kopf in deine Richtung. Ihre Schwimmbrille hat blau getönte Gläser. Du nimmst an, dass sie sich deiner Gegenwart bewusst ist, doch sie lässt sich nichts anmerken, schwimmt, Zug um Zug um Zug, taucht ihre Hände ins Wasser, zieht durch, windet sich.

Um null Uhr fünfundvierzig führt sie zum letzten Mal den Arm über den Kopf und lässt ihn eintauchen. Dann bricht die Bewegung ab. Der Strahl der Gegenstromanlage schwemmt sie ans Fußende des Pools. Es ist unklar, warum, doch du stehst noch immer am Beckenrand.

Sie streift die Schwimmbrille ab. »Uuuh – kühl.«

Das Becken ist eins zwanzig tief. Ihre Brüste schweben über dem Wasser. Du spürst ein Ziehen im Arm. Sie steigt aus dem Pool. Für einen Moment werden die Wasserbewegungen auf ihren Rücken projiziert, gleiten die Hüfte hinab, kräuseln sich auf ihrem Po. Sie nimmt das kleine Handtuch von der Liege, reibt sich vorsichtig die Haare trocken. Von ihrer linken Brust tropft Wasser. Dann greift sie nach dem großen Handtuch und kommt um den Pool herum auf dich zu. Ihre Füße hinterlassen Abdrücke auf dem Sandstein. Schließlich steht sie vor dir. Ihre Nacktheit ist so gegenwärtig wie der Dampf, der einem aus der Sauna entgegenschlägt. Sie berührt dich, ohne dich zu berühren.

Sie reicht dir das Handtuch.

»Ich könnte eine Rubbelung vertragen.«

Wie bei einem Tanz dreht sie sich in das Handtuch ein, drückt ihren Po gegen deine Leiste. Sie ergreift deine Hände, führt sie um den Körper herum und legt sie sich auf den Bauch.

»Geht doch«, sagt sie.

In deinem Nacken findet eine lautlose Explosion statt, die einen Druck auf deine Augen und Ohren auslöst, der dich an den Rand einer Ohnmacht bringt. Als würdest du mit großer Geschwindigkeit unter Wasser und in die Tiefe gezogen werden. Unwillkürlich schieben sich dir die Lider über die Augen.

12

Innerhalb einer Sekunde stürzt du aus einem Universum, das sich im selben Moment auslöscht, auf die Erde und in dein Bett. Ein Klopfen hat dich geweckt. Du bist nackt, setzt dich auf. Deine Finger sind geschwollen, die Nägel wie gewaltsam ins Fleisch gedrückt. Alles an dir scheint wund und entzündet, rot, fiebrig erhitzt. Deine Wangen glühen. Die Luft im Schlafzimmer ist zum Schneiden.

»Nino?«

Es ist die Stimme von Herrn Breuer, gedämpft durch Glas. Er steht vor der Terrassentür, die du niemals verriegelst. Könnte also auch einfach hereinspazieren. Doch dann würde er den umgestürzten Nachttisch sehen, die zerbrochene Lampe, die von der Stange gerissene Gardine. Und die goldenen Slipper seiner Frau.

»Nino, bist du da?«

Dein Bett sieht aus wie nach einem Kampf auf Leben und Tod. Und die Luft ist deshalb so dick, weil sie schwanger ist, gesättigt – vom Geruch nach Sex. Der ganze Raum riecht nach Sex. Das Bett, die Gardine, vor allem du selbst, deine Finger, deine Arme, dein Haar.

Du versuchst, etwas zu erwidern – irgendetwas –, doch deine Zunge ist taub und deine Kehle ein ausgetrocknetes Flussbett. Also stehst du auf, stolperst gegen den Türrahmen, kickst die Slipper unters Bett und wickelst dir ihr Handtuch um die Hüfte, das unter einem Bettfuß klemmt und reißt, als du es hervorziehst. Silencio liegt unverändert auf der Decke, hebt aber den Kopf und blickt hoffnungsvoll zu dir auf, als du aus dem Schlafzimmer kommst.

Der Hausherr steht unter dem Segel in Shorts und Shirt, zwei Zentner besorgte, aber ahnungslose Freundlichkeit. Du blickst ihn an, versuchst dich an einem Lächeln. Nein, er hat keine Ahnung, was sich hier letzte Nacht ereignet hat. Da geht es ihm wie dir. Du schiebst die Tür gerade so weit zur Seite, dass er nicht das Gefühl bekommen muss, du versuchtest etwas vor ihm zu verheimlichen. Gleichzeitig weichst du einen Schritt zurück, damit dein Geruch nicht nach draußen dringt.

»Guten Morgen, mein Lieber. Sie sehen wirklich nicht gut aus. Sicher, dass Sie nicht doch krank sind?«

Du drückst dir drei Finger gegen die Schläfe.

»Migräne. Die Woche zwischen Sommer und Herbst …«

»Bettina liegt auch noch in den Federn.« Breuer wirkt nachdenklich. »Sagt, sie sei völlig erschlagen. Ich bin ja gestern gleich ins Bett gekippt. Die letzten Wochen … Klagen auf hohem Niveau, schätze ich.«

Er sieht dich an, als wärst jetzt du an der Reihe. Doch du weißt nicht, was ihn hergeführt hat. Der Wind bringt seine Frisur durcheinander. Sind nicht mehr viele Haare übrig, und die Illusion gelingt nur, solange jedes Haar am zugewiesenen Platz bleibt.

»Sicher, dass alles in Ordnung ist«, fragt er, »mit Ihren Kopfschmerzen?«

»Geht schon«, sagst du.

Schließlich fällt ihm ein, weshalb er hier ist: »Ich würde Sie ja gerne schlafen lassen, Nino. Aber in zwei Stunden sind unsere Gäste am Flughafen abzuholen.«

»Herr und Frau Wolff.«

»Richtig. Ich würde es ja selbst tun, aber ich fürchte, die Geste könnte missverstanden werden.«

»Natürlich, Entschuldigung. Ich kann die Wolffs abholen, kein Problem.«

»Gut. Das ist gut.«

Es nervt ihn, dass seine Haare unentwegt in Bewegung sind, dass ständig an ihm gezerrt wird.

Du wartest. Da kommt noch mehr.

»Ich wollte Ihnen noch etwas sagen, Nino. Frau Wolff kenne ich persönlich nicht. Herrn Wolff dagegen … Er ist … nicht ganz einfach – um es diplomatisch auszudrücken.«

»Ein Arschloch.«

»Sagen wir lieber, er ist ein Machtmensch. Noch dazu mit schlechten Manieren. Ich möchte nicht, dass Sie sich für mich verbiegen, Nino, aber … Ich wäre Ihnen dankbar, wenn Sie versuchen könnten, möglichst freundlich zu ihm zu sein.«

»Natürlich.«

Du fragst nicht nach. Es geht für Breuer um viel, du weißt.

Er blickt aufs Meer hinaus. Der Wind. Da braut sich etwas zusammen. Er *will* dich ins Vertrauen ziehen, denkst du. Einen Verbündeten.

»Ich würde nicht so weit gehen, zu sagen, dass der Ausgang dieses Treffens über das Schicksal meiner Firma entscheidet«, überlegt er. »Aber es geht um einen Auftrag in der Größenordnung …« Bevor ihm konkrete Summen entwischen, zieht er die Notbremse. »Besser, Sie wissen es nicht. Ich möchte Sie wirklich nicht mit meinen Problemen belasten.«

Du denkst an das Chaos in deinem Schlafzimmer, an Frau Breuers Slipper unter deinem Bett.

»Ich fahre gleich los.«

»Gut, danke. Und entschuldigen Sie meine Ermahnung. Ich weiß, dass ich mich auf Sie verlassen kann.«

Eilig stellst du den umgestürzten Nachttisch auf, kontrollierst die Schublade, ziehst den Stecker der zerbrochenen Lampe aus der Dose. Was auf den ersten Blick wie eine Ringelnatter aussieht, die sich um ein Bein des Bettes geschlungen hat, ist in Wirklichkeit ein Gürtel. Unwillkürlich wirfst du einen Blick auf deine Handgelenke: Wenn hier letzte Nacht jemand an das Bett gefesselt war, dann nicht du.

Du duschst, ziehst das Chauffeurs-Outfit aus dem Schrank, füllst Silencios Trinknapf mit frischem Wasser, stellst ihm Futter hin. Er wirkt noch benommen, aber zugänglich. Du kniest dich neben ihn, streichst ihm über die Schulter, spürst seinen Atem, die Wärme. Seine Anwesenheit beruhigt dich. Silencio im Wohnzimmer zu wissen ist, wie einen Anker zu haben, der dich an die Welt kettet. Du redest auf ihn ein, versicherst ihm, dass du nicht lange weg sein und bald zurückkommen wirst.

Es gibt einen schmalen Weg, der zwischen den Oleanderbüschen hindurch zu einer Steintreppe und von dort zur Einfahrt hinunterführt. Du machst also den größtmöglichen Bogen um das Haupthaus, um zur Garage zu gelangen. Der Wind schlägt Schneisen durch die Blätter, die Kronen der Aleppo-Kiefern schwanken. Als du an der Freitreppe vorbeigehst und zur Villa hinaufblickst, schimmern die Scheiben wie Quecksilber.

Du hast mit dem Porsche den Kiesplatz überquert, hast die Torsteuerung aktiviert und lässt den Wagen die Auffahrt hinunterrollen, als ein heller Fleck in dein Sichtfeld stürzt und vor den Wagen springt. Du kannst einzig deshalb rechtzeitig bremsen, weil du Schrittgeschwindigkeit fährst.

Bettina Breuer legt die Hände auf die Haube und sieht dich an, als wärst du ihr erschienen. Sie trägt etwas, das ebenso gut ein Cocktailkleid oder ein Négligé sein könnte – du kennst dich da nicht aus –, mit sehr schmalen Trägern und einem tiefen Ausschnitt, der jetzt, da sie sich auf die Haube stützt, den Blick auf ihre Brüste freigibt, auf ihre Brustwarzen, die ebenso hart sind wie in der Nacht, als sie aus dem Pool stieg. Ohne die Hände von der Haube zu nehmen, bewegt sie sich um den Wagen herum auf dich zu, dann kleben ihre Finger tentakelgleich am Seitenfenster. Auf ihrem Gesicht breitet sich ein Lächeln aus wie von einem andern Stern. Du lässt die Scheibe herunter.

»Nino!« Mit einem Juchzen beugt sie sich ins Wageninnere, zieht deinen Kopf zu sich heran, bedeckt dein Gesicht mit Küssen, sucht verzweifelt nach deinem Mund. »Nino!«, flüstert sie. Ihre Lippen umschließen dein Ohrläppchen. Ein glückseliges Glucksen löst sich aus ihrer Kehle. »Oh Gott, Nino! Ich hatte ja keine Ahnung.« Ihre linke Brust hat sich aus dem Négligé geschält und ragt jetzt seltsam in die Luft. Sie tastet nach deiner Hand, zieht sie zu sich und drückt sie auf ihre Brust. Sie schließt die Augen. »Nino!« Ihre Augen öffnen sich wieder, groß und blau und nackter als alles, was dir je begegnet ist.

»Du hast mich gesehen!«

»Frau Breuer«, sagst du, »bitte …«

»Ach Nino!«

Noch einmal zerrt sie an deinem Kopf, presst ihre Lippen auf deine. Nur widerwillig löst sich ihre Brust aus deiner Hand, deren Haut an deinen Fingern klebt.

Du umklammerst das Lenkrad.

»Ich muss los …«

»Du hast mich gesehen!« Die Hände auf den Rahmen gestützt, schiebt sie ihren Oberkörper gegen innere Widerstände aus dem Wagen, zwingt sich zur Ordnung. »Du hast mich *gesehen*!«

Vorsichtig, es soll nicht nach Flucht aussehen, tippst du das Gaspedal an. Der Wagen schießt aus der Einfahrt, im Rückspiegel eine selbstvergessene Frau mit entblößter Brust und einer Hand, die sich nach dir ausstreckt.

Die Maschine mit den Wolffs an Bord schaukelt wie ein Spielzeug, als sie sich der Landebahn nähert. Kurz zuvor hat Regen eingesetzt. Der Wind bläst die Rinnsale quer über das Panoramafenster. Im Moment, da sie aufsetzt, wird die Maschine von einer Böe erfasst. Aus Ninos Warte ist nicht zu erkennen, ob der Flügel die Landebahn touchiert oder nicht. Ein Reifen setzt auf, springt aber sofort wieder ab – du denkst an einen Balletttänzer –, dann startet die Maschine durch, und die Turbinen heulen derart auf, dass selbst in der Wartehalle einige irritiert den Kopf heben. Das Flugzeug verschwindet in den Wolken und schwebt einige Minuten später erneut herab. Der zweite Versuch gelingt, ein Aufatmen geht durch den Raum.

Du ahnst, wer Wolff ist, bevor er seinen Namen auf dem Schild gelesen hat. Als er auf dich zukommt, spürst du ein Kribbeln in den Zehen. Adrenalin. Tiere schütten es aus, wenn sie sich Fressfeinden gegenübersehen. Dabei ist er kleiner als du und hat praktisch keinen Hals, weshalb er seltsam gestaucht wirkt. Seine Präsenz jedoch ist raumgreifend. Keiner der Mitreisenden kommt ihm näher als zwei Meter, nicht einmal seine Frau, die auf unsteten Beinen durch die Schleuse wackelt, einen rosa Rollkoffer wie einen Hund neben sich herführend. Auch ohne High Heels wäre sie größer als ihr Mann, mit wirkt sie wie künstlich erschaffen. Sie ist höchstens halb so alt wie er, vielleicht sogar jünger als du.

»Guten Tag«, begrüßt du das Paar, »ich bin Nino. Ich bringe Sie z…«

»Spricht deutsch«, schneidet dir Wolff das Wort ab, »immerhin etwas.«

Seine Frau schweigt und hält den Blick gesenkt. Nur kurz zuckt ihr Mundwinkel.

»Worauf warten wir?«, fragt Wolff. Eine Stimme wie Glut unter Asche.

Kaum sitzt er neben dir im Wagen und seine Frau hinter ihm, vollzieht sich die nächste Reaktion in deinem Körper. Ein Gefühl von Ausgeliefertsein überkommt dich. Aus den Poren in deinem Nacken tritt Schweiß aus und sammelt sich in der Mulde unter dem Atlasknochen.

Es dauert, bis ihr euch auf der vierspurigen Autobahn Richtung Süden bewegt und die Wohnsiedlungen hinter euch liegen, bevor du die Veränderung mit einem Wort greifen kannst: Angst. Du verstehst es nicht. Es ergibt keinen Sinn. Ein erster Tropfen fällt dir von der Nase auf das Hemd, wo er einen Punkt hinterlässt, neben dem sofort zwei weitere zu sehen sind – Tropfen, die sich aus deinen Brauen gelöst haben. Du lockerst den Krawattenknoten und stellst fest, dass dein Hemdkragen nass ist.

Wolff sieht dich an wie Ungeziefer.

»Was ist denn mit *Ihnen* los?«

Als seien der Schweißfilm auf deiner Stirn und deine brennenden Augäpfel einer Charakterschwäche geschuldet.

»Ich weiß auch nicht«, erwiderst du. »Geht sicher gleich vorbei.«

Doch das tut es nicht.

Du versuchst, an etwas anderes zu denken, blickst durch den Regen aufs Meer hinaus, die bleiernen Wogen, die Gischt. Du musst aufstoßen – da bist du gerade dabei, einen Lkw zu überholen –, im nächsten Moment krampft sich dein Magen zusammen und eine saure Flüssigkeit schießt dir die Speiseröhre hinauf, du ziehst rechts rüber, zwingst den Lkw zum Bremsen, ein mächtiges Hupen ist zu hören, dann steuerst du den Wagen auf den unbefestigten Randstreifen, und eine Salve von Steinchen wird in die Radkästen geschleudert.

»Was zum Teufel …!«, ruft Wolff aus und stemmt sich gegen das Armaturenbrett. Du hörst eine Naht reißen.

Ihr schlittert halb in die Senke, wo der Wagen zum Stehen kommt. Du stößt die Tür auf – der Fahrtwind eines vorbeifahrenden Dreißigtonners reißt sie dir aus der Hand –, stürzt aus dem Wagen und hast gerade noch Gelegenheit, die Krawatte an deine Brust zu drücken, ehe du dich übergibst. Der Geruch. Der nächste Krampf zwingt dich in die Knie. Sein Geruch ist der Grund.

Der Regen folgt euch bis nach Saint-Tropez, dann hört er abrupt auf. Die Blumen haben gelitten und sehen im Vergleich zu gestern gerupft aus. Am Kopf der Treppe warten die Breuers in demonstrativer Harmonie, er mit einem Arm auf ihrer Schulter, sie mit einem um seine Hüfte. Daneben, halb vom Lilienarrangement verdeckt, Sephora mit Spitzenschürze und Schleife im Haar. Auf jedem der Absätze stellst du kurz die Koffer ab, richtest dich auf.

Bettina Breuer trägt ein lavendelfarbenes Ensemble, zu dem ein dünnes Tuch gehört, das locker über den Schultern liegt und leicht vom Wind bewegt wird. Bevor sie Wolff die Hand reicht, schlingt sie es um ihren Hals und zieht den Kragen ihres Kimonos enger.

»Herzlich willkommen!« Sie legt ihre Hände ineinander. »Ich hoffe, Sie werden sich bei uns wohlfühlen. Das hier ist Sephora. Sie spricht Englisch und wird in den kommenden Tagen für Sie da sein.«

Wolff dreht seinen halslosen Kopf und starrt das Mädchen

an, sein Gesicht wie versteinert. Sephora macht einen Knicks und streicht die Schürze glatt.

»Na, das ist doch mal was«, sagt Wolff.

Breuer fährt sich durch die Haare, die ein Windstoß im nächsten Moment wieder verwirbelt. Er verschränkt die Hände hinter dem Rücken.

Seine Frau bricht das Schweigen: »Nino, unser Housekeeper hier« – sie legt dir eine Hand auf den Arm, »nein, er ist weit mehr als nur unser Housekeeper –, wird Ihnen Ihr Zimmer zeigen. Ich bin sicher, es wird Ihnen zusagen. Und sobald Ihnen der Sinn danach steht, können wir etwas essen. Unsere Köchin hat eine Kleinigkeit vorbereitet.«

13

In Unterhose sitzt du auf der Bettkante und balancierst eine kleine braune Flasche Haloperidol zur intramuskulären Injektion auf deinem Knie. Die Spritze dazu befindet sich im Necessaire mit Reißverschluss im Bad. Du dachtest, es wäre gut, die beiden Dinge an getrennten Orten aufzubewahren.

Noemi Winter, Fachärztin für Psychosomatik, hat sie dir gegeben – als Abschiedsgeschenk. Sie arbeitete in einer privaten Tagesklinik, Montag bis Freitag, 10 bis 16 Uhr. Damals war sie Mitte dreißig, klein und hatte einen Körper wie japanisches Papier. Sie trug immer ein Halstuch und offenbar nie zweimal dasselbe. Als wolle sie ihren Hals verstecken, indem sie die Aufmerksamkeit darauf lenkte. Natürlich hast du dich gefragt, was sie darunter verbarg. Erfahren hast du es nie.

Die »Panoramaklinik« trug ihren Namen, weil sie im fünften Stock eines typischen Kölner Nachkriegsbaus untergebracht war. Von der Terrasse aus war der Rhein zu sehen. Es gab nur eine Sorte Stuhl: verchromte Freischwinger, Lehne und Sitzfläche aus weißem Leder. Vor der Drogerie im Erdgeschoss standen Paletten mit Klopapier, Dauerniedrigpreis. Manchmal fragst du dich, ob Frau Winter noch heute auf ihrem Freischwinger sitzt und sich die Geschichten ihrer Patienten anhört.

Sie war da, nachdem Lola dich mal wieder an einem unbekannten Ort abgestellt, vielmehr abgesetzt hatte – am Kahnweiher, auf einer von zwei Seniorenbänken, die durch einen Mülleimer getrennt waren. Du hattest einen aufgeschürften Ellenbogen und einen schmerzenden Knöchel. Die Sonne ging gerade unter. Das Licht brach sich im Dunst, der die Fontäne in der Mitte des Sees umgab, stülpte ihr einen flirrenden Regenbogen über. Frau Winter saß auf der benachbarten Bank, hielt die Augen geschlossen und genoss die Sonne. Feierabend.

Du würdest nicht sagen, dass es Zufall war. Nach deiner bescheidenen Erfahrung aus siebenundzwanzig Lebensjahren sollte man irgendwann lernen, seiner Intuition zu vertrauen. Gut möglich, dass Lola dich nicht nur absichtlich neben Noemi abgesetzt hatte, sondern ihr sogar gefolgt war. Du hattest so deine Vermutungen. Vielleicht stand Lola auch auf sie. Dass sie auf Frauen stand, wusstest du. Eine Teenie-Lesbe, gefangen in einem Männerkörper. Komisch eigentlich – wäre sie nicht so bedürftig gewesen. Zugleich wollte sie der Boss sein. Lola will immer das Sagen haben. Sie kann verführen und weiß, wie man Menschen manipuliert. Vielleicht hatte sie gedacht, Frau Winter könnte einen Boss gebrauchen.

Sie gab dir ihre Karte, und obwohl du bereits zur Überzeugung gelangt warst, dass dir Ärzte und Therapeuten nicht weiterhelfen konnten, riefst du sie an. Intuition.

»Ich hab schon einiges durch«, sagtest du am Telefon. Damit meintest du, dass sie nicht enttäuscht sein sollte, falls sie dir nicht helfen könnte.

»Ja«, sagte sie nur.

Insgesamt vier Mal warst du bei ihr in der Klinik, jedes Mal trug sie ein anderes Halstuch. Beim ersten Treffen erzähltest du ihr von deinem Erlebnis mit dem Rückführungsversuch und wie du dich auf die Liege des Therapeuten übergeben hattest.

Sie bot eine Erklärung an: »Wenn das Unterbewusstsein

sich dagegen sträubt, bestimmte Erinnerungen freizugeben, hat es meist gute Gründe dafür.«

Du kanntest die Antwort, dennoch fragtest du: »Zum Beispiel?«

»Selbstschutz?«

Beim zweiten Mal hast du vor allem laut über Lola nachgedacht, dich sprechend an sie herangetastet. Manche Gedanken finden erst zueinander, indem man sie ausspricht. Damals ist dir klar geworden, dass es Situationen gab, in denen du dir wünschtest, Lola zu sein, sie *jetzt* rausschicken zu können. Sie würde dein Gegenüber das Fürchten lehren. Im Grunde – auch das hast du damals begriffen – ist Lola autonomer, wagemutiger, furchtloser als du. Lola könnte man überall auf der Welt mit einem Helikopter absetzen. Würde ihr wahrscheinlich sogar Spaß machen: Wollen doch mal sehen, wo es mich heute hin verschlägt! Emotional bist du abhängiger von ihr als sie von dir. Was paradox ist, denn dein Gefühl sagt dir, dass du sie nicht sich selbst überlassen darfst, dich um sie kümmern musst. Vielleicht, überlegtest du, war es genau das: Wenn Lola nicht mehr da wäre, könntest du dich nicht mehr für sie verantwortlich fühlen.

Frau Winter sah dich an und wartete, bis du von selbst darauf kamst.

»Ich hab Lola gegenüber Schuldgefühle«, sagtest du.

Sie antwortete nicht einmal.

Bei eurem dritten Gespräch öffnete sich Frau Winter. Sie saß bereits anders auf ihrem Freischwinger, als du in den Raum kamst, sah dich anders an.

»Heilung ist möglich«, sagte sie. »Schönes Wort, oder – Heilung? Ich mag es. Aber sie lässt sich nicht erzwingen, sondern sie … vollzieht sich, wenn man bereit dafür ist.«

»Klingt wie ›erleuchtet werden‹.«

»Ja, vielleicht. Heilung ist immer so weit möglich, wie die Seele bereit ist, sich dafür zu öffnen.«

Dann, war dein erster Gedanke, wird es bei dir nie passieren. Lebenslänglich.

Sie las dein Gesicht: »Ich kenne Fälle, die ich als geheilt beschreiben würde.«

»Wie viele?«

»Einen.«

Wie können Sie da sicher sein, wolltest du fragen, doch bevor die Worte in deinem Kopf aufgereiht waren, hattet ihr einander lange genug angesehen, um die Frage überflüssig zu machen.

»War ein langer Weg«, sagte sie.

Du hättest wirklich gerne gewusst, was sie unter dem Halstuch verbarg.

Nach diesem Gespräch hättet ihr miteinander abgeschlossen haben sollen. Es ist so, weil es so sein soll. Und wenn es nicht länger so sein soll, wird es sich ändern, alles Gute, auf Wiedersehen. Keine bahnbrechend neue Erkenntnis für dich, aber immerhin ging es dir jetzt besser damit. Und doch suchtest du ein letztes Mal die Klinik auf – nachdem die Breuers dir den Job als Housesitter angeboten hatten.

Du erzähltest ihr davon. Vermutlich wolltest du dich verabschieden. Einen Augenblick fiel es ihr schwer, professionelle Distanz zu wahren.

»Warte.« Sie ging aus dem Zimmer.

Zuvor hatte sie dich nie geduzt.

Als sie zurückkam, stellte sie das braune Fläschchen mit Haloperidol auf den Tisch und legte die eingeschweißte Spritze daneben.

»Mein Abschiedsgeschenk.«

»Ich hatte eigentlich nicht vor, noch einmal …«

»Ich weiß. Aber das gebe ich dir auch nicht, damit du es benutzt.« Schon wieder Du. »*Weil* du es hast, wirst du es nicht brauchen.« Sie erklärte es. »Falls jemals wieder etwas aus einem Loch gekrochen kommt, das so furchtbar ist, dass du es nicht erträgst, kannst du dich hiermit in Sicherheit bringen. Und da du diese Sicherheit jetzt hast, wird nichts aus dem Loch kommen.«

Du beugst dich langsam zu deinem Knie herunter, liest das Datum auf dem Aluminiumring: Seit zwei Jahren abgelaufen. Die Spritze ist noch eingeschweißt. Mit einer reflexhaften Bewegung lässt du das Bein zur Seite schnellen, das Fläschchen fällt, und du fängst es auf, bevor es den Boden berührt. Anschließend stellst du es zurück in den hinteren Winkel der Schublade und schließt den Nachttisch.

Silencio kommt mühsam auf die Beine. Schritttempo, hat der Tierarzt gesagt, und nur an der Leine. Aber *du* hast es verbockt und wirst nicht zur Strafe den Hund an die Leine legen.

Ihr dreht zwei Runden um den Bungalow. Die Stufen kosten ihn Überwindung, doch das Gehen scheint ihm kaum Schmerzen zu bereiten. Zumindest lässt Silencio sich nichts anmerken. Der Hüftgurt stört ihn ebenfalls nicht. Ein bisschen humpelt er, und beim Pinkeln hebt er nicht das Bein, sondern geht leicht in die Hocke, wie die Weibchen es machen.

Du breitest die Decke unter dem Segel aus – Silencio legt sich dankbar ab –, lässt die Terrassentür einen Spalt weit geöffnet, trinkst zur eigenen Überraschung eine ganze Flasche Evian, klickst den abgerissenen Vorhang wieder in die Ösen, damit er den Raum abdunkelt, setzt dich auf die Bettkante, kippst zur Seite und bist eingeschlafen, kaum dass dein Kopf das Kissen berührt.

Als du aufwachst, steckt dein erigierter Schwanz zu zwei Dritteln in Frau Breuers Mund. Und auch der Rest deines Körpers fühlt sich grundverkehrt an. Du rüttelst an ihrer Schulter.

»Nicht.«

Sie blickt zu dir auf, und während sie das tut, entlässt sie langsam deinen Schwanz aus ihrem Mund, umschließt ihn mit der Hand, reibt ihn.

»Du bist süß«, sagt sie, »aber ich kann nichts machen. Es ist stärker als ich.«

Sie macht ein Gesicht wie ein unartiges Mädchen, abgesehen von dem Speichelfaden, der deinen Schwanz wie eine Nabelschnur mit ihren Lippen verbindet.

»Willst du einfach in meinem Mund kommen?« Sie lächelt. »Oder mich lieber von hinten nehmen?« Sie fingert mit der freien Hand an ihrem Tanga und zieht ihn über die Pobacken, die sich zur Zimmerdecke recken. »Letzte Nacht wolltest du beides.«

Letzte Nacht, das war nicht ich, denkst du.

Sie beugt sich so weit herab, dass ihre Brüste deinen Schwanz umschließen. Dann ist sie plötzlich auf dir, über dir, legt sich deine Hände auf den Hintern, zieht ihn auseinander, stöhnt auf.

»Nicht, ich …«

Ihre Hand umschließt deinen Schwanz wie eine Manschette, führt ihn ein.

»Komm, mein kleiner Schatz«, flüstert sie, drückt ihr Becken auf deins und schiebt deinen Schwanz in sich hinein, verschlingt ihn. »Komm einfach.«

Ein halbe Stunde später steuerst du den Porsche Richtung Saint-Tropez, neben dir Frau Breuer, auf der Rückbank Frau

Wolff. Herr Breuer und Herr Wolff haben Geschäftliches zu besprechen, und da der Sturm zwar weitergezogen ist, das Wetter aber nach wie vor nicht dazu einlädt, sich an den Pool zu legen, hat Frau Breuer vorgeschlagen, sich die Zeit in Saint-Tropez zu vertreiben. Du hast darum gebeten, Silencio mitnehmen zu dürfen, der im Kofferraum auf der Decke liegt.

»Melanie«, Frau Breuer dreht ihren Oberkörper – die Schlüsselbeine treten hervor –, spricht nach hinten, sieht dabei aber dich an. »Ich darf Sie doch Melanie nennen, oder?«

»Gerne«, kommt es von der Rückbank.

»Schön. Ich bin also Bettina, freut mich.«

»Mich auch.«

»Ich hoffe, es gefällt Ihnen bei uns.«

»Oh ja, sehr. Alles ist so groß, sogar der Pool ...«

»Waren Sie schon drin?«

»Im Pool – nein. Ich wusste nicht, ob man da einfach so reindarf.«

»Aber natürlich, Melanie! Wen hätten Sie denn um Erlaubnis bitten wollen – das Wasser?«

Frau Breuer sieht dich an, ihre Augen leuchten auf. Sie trägt ein groß gemustertes Blumenkleid, das so aussieht, wie Raumspray riecht. Ihre Brüste zeigen in deine Richtung. Und während sie dich mit diesem Blick fixiert und sich halb zu Frau Wolff gedreht hat, schiebt sie unauffällig mit der Rechten ihren Rock hoch und spreizt ihr rechtes Bein ab. Sie ist vorhin nicht gekommen, denkst du.

»Sind Sie das erste Mal an der Côte d'Azur?«

»Ich glaube schon. Mein Mann hat mich schon mal nach San Remo mitgenommen, aber das gehört nicht mehr zur Côte d'Azur, glaube ich.«

»Nein, tut es nicht«, bestätigt Frau Breuer. »Wie gefällt es Ihnen?«

»Ich weiß nicht. Mein Mann sagt ja, die Côte d'Azur sei überschätzt.«

»So, sagt er das. Und – was sagen Sie?«

»Ich weiß nicht.«

Frau Breuer rollt mit den Augen, was nur du sehen kannst. Ihre Mundwinkel umspielt ein Lächeln. Sie hat ihr Kleid jetzt so weit hochgeschoben, dass ihre nackte Scham entblößt wird, ein rasiertes Stück Haut, das seltsam deplatziert wirkt – als habe sie sich eine Hühnchenbrust zwischen die Schenkel geklemmt. Sie fängt deinen Blick ein, hält ihn fest, will, dass du sie ansiehst, während sie ihren Mittelfinger zwischen den Schenkeln verschwinden lässt. Du öffnest das Fenster einen Spalt.

»Nino, Schatz«, sie legt dir eine Hand auf den Oberschenkel, »sei so gut und nimm die kleine Küstenstraße, damit Melanie sieht, wie schön wir es haben.«

Du biegst auf die Küstenstraße ab. Ihre Hand liegt weiter auf deinem Oberschenkel. Sie will, dass Melanie es weiß, denkst du. Am Horizont reißt die Wolkendecke auf. Die Sonne ist nicht zu sehen, spiegelt sich aber hell auf dem Wasser.

»Schauen Sie mal – ist das nicht großartig?«

»Es leuchtet alles so«, staunt Frau Wolff, »die Farben … Wie die von Ihrem Kleid.«

Frau Breuer schiebt sich die Sonnenbrille über die Augen, ihre Hand kehrt zurück auf dein Bein.

»Mögen Sie es – mein Kleid?«

»Ja, sehr. Aber mir steht so etwas nicht.«

»Wie kommen Sie darauf?«

»Ich bin da einfach nicht der Typ für.«

»Und ich?«

»Oh – bei Ihnen ist das etwas anderes. Sie … Sie tragen es einfach.«

Frau Breuers Finger drücken sich in dein Fleisch, die Sehnen auf dem Handrücken treten hervor. Sie presst ihre Schulter in die Lehne. Von der Seite siehst du, wie sie hinter ihrer Brille die Augen zusammenkneift, sich in die Unterlippe beißt. Ihre Beine schließen sich, klemmen die Finger ein, zwingen sie in den Schritt.

»Mmm-mmh.« Sie atmet tief durch die Nase. »Herrlich!«

Ihre Finger lösen sich von dir, hinterlassen einen Abdruck auf den Shorts. Sie öffnet das Fenster, lässt Meeresluft herein, streicht sich das Kleid glatt.

»Ja«, bestätigt Melanie, »sieht wirklich schön aus.«

Du hast die beiden Frauen am Café de Paris abgesetzt, bist zum Parkplatz vorgefahren und hast den Wagen abgestellt. Mit geschlossenen Augen lässt du den Kopf in den Nacken und gegen die Stütze sinken. Du hast keine Ahnung, wo Lola dich hineinzieht oder was sie vorhat. Aber es sieht nicht so aus, als würdest du da noch einmal herauskommen. Du hast gedacht, einen Weg gefunden zu haben, im Moment allerdings, so kommt es dir vor, wird auch der Housesitter in Rayol bald nur eine Episode in deinem Leben gewesen sein.

Du willst nicht wieder von vorn beginnen, nicht wieder Medikamente schlucken. Die Erinnerung daran, wie anstrengend dieses Leben ist, war bereits verblasst. Jetzt ist sie da, steht vor dir: die Gliederschmerzen, das Morgentief, endlos, der Dämmerzustand, das Zwischenreich, die Ungewissheit. Und immer, immer, IMMER! müde zu sein.

14

Zwei Stunden zum Durchatmen. Dann erwarten dich die beiden im Café vor dem Hermès-Haus. Silencio bewegt sich im Kofferraum, gibt jedoch keinen Laut von sich. Du wolltest ein paar Schritte mit ihm gehen, aber im Moment kannst du nicht einmal die Tür öffnen, deine Lider sind wie unter Narkose. Das Smartphone klingelt. Beim zweiten Versuch erst öffnest du die Augen. Seit deinem letzten bewussten Gedanken ist eine knappe Stunde vergangen.

»Hola, Nino.«

»Wie geht es dir?«, fragst du.

»Scheiße geht's.« Du hörst ein Auto hupen. Sie sitzt wieder am Fenster, raucht. »Die gehen mir so was von auf die Nerven.«

»Wer?«

»Sein Anwalt, der den Nachlass verwaltet, seine selbst ernannten Freunde, nicht zu vergessen die selbst ernannten Künstlerkollegen. Hier geht's zu wie im Taubenschlag. Und jeder behauptet, Guillermo habe ihm versprochen, nach seinem Tod könne er dieses oder jenes Bild haben. Vorhin gab es eine richtige Prügelei – sofern man das eine Prügelei nennen kann, wenn zwei schwule Künstler aufeinander losgehen. Sich mit Pinseln Bewerfen trifft es besser. Jetzt ist Philippe, der Anwalt, auf die grandiose Idee verfallen, ein Museum aus der Wohnung zu machen. Stell dir das mal vor! Alles soll mit Messingständern und Troddeln abgesperrt werden und exakt so bleiben, wie es ist – die Rahmen, die an der Wand lehnen, die Küche, das Bad … Sogar sein Bett, die Laken: ›Schauen Sie, hier ist er gestorben! Die Laken hatten exakt den Faltenwurf, den er auf seinem letzten Bild festgehalten hat! Überzeugen Sie sich selbst!‹« Sie zieht an der Zigarette. »Perverser Scheiß.«

Du denkst daran, wie Agueda dir von Guillermo erzählt hat und dass er auf seinem letzten Bild unbedingt dem eigenen Tod vorgreifen wollte.

»Vielleicht würde es ihm gefallen«, überlegst du laut.

»Ja, wahrscheinlich sogar.« Sie pustet Rauch aus. »Ich find's trotzdem krank. Es gibt Wichtigeres im Leben als den Tod. Ich kann's nicht mal richtig beschreiben, was ich daran so bescheuert finde. Es ist körperlich. Hey!!« Du hörst, wie Agueda auf jemanden einredet, auf Spanisch. Freundlich klingt anders. Eine Tür wird zugeschlagen, Schritte sind zu hören. Schließlich hat sie das Telefon wieder am Ohr. »Ich frag mich, wer noch alles plötzlich einen Schlüssel für diese Etage hat. Langsam kommt's mir vor, als hätte Guillermo sie eimerweise aus dem Fenster gekippt. Morgen komm ich zurück, die können mich alle mal.«

»Hast du schon einen Flug gebucht?«

»Nein, warum?«

»Ich könnte dich abholen.«

»Ernst?«

»Natürlich.«

Sie überlegt einen Moment: »Schätze, du schuldest mir sowieso noch was – wo du mich einen meiner Jobs gekostet hast.«

Sie lacht. Ironie. Alles in Ordnung.

Silencio macht seine Sache ganz gut, zieht nur ein klein wenig das Bein nach, tastet sich an den gewohnten Bewegungsablauf heran. Ihr geht die Straße an der Promenade entlang, die wie üblich für den Verkehr gesperrt ist und wo sich ein Café ans nächste reiht. Männer mit Bäuchen und Panamahüten kommen euch entgegen, Frauen in hellen Kleidchen und mit einem Bräunungsgrad, den nur erreicht, wer seinen Körper erbarmungslos wochenlang der Sonne aussetzt.

Die *Esmeralda*, Breuers Yacht, ist eine der größten im Hafen. Der Rumpf ist königsblau, das Deck weiß. Länge: 22 Meter. Exakt so lang wie der Pool. 2030 PS. Eine Mulder Convertible 72. In einem Quartett wäre sie die Karte, die man unbedingt haben will. 22.000 Euro kostet Breuer der Liegeplatz pro Jahr. Als du deinen Job angetreten hast, waren es noch 18.500. Das weißt du, weil der Betrag vom Konto für die laufenden Kosten beglichen wird, das du verwaltest. Vor der *Esmeralda* sitzt ein Straßenkünstler auf einem Klappstuhl. Er hat zwei Staffeleien aufgebaut und sie mit seinen Bildern behängt. Bevorzugtes Motiv: Hafenpromenade mit Nobelyacht. Auf der Hälfte der Bilder ist die *Esmeralda* in Szene gesetzt, sogar ihr Name ist auf dem Bootsrumpf zu lesen, in Gold.

An Deck sind zwei Männer damit beschäftigt, die Yacht für den morgigen Ausflug vorzubereiten, die Schlieren des Unwetters zu beseitigen, die Polster zu saugen. Du nimmst Silencio auf den Arm, gehst an Bord, stellst dich vor. Unter Deck arbeiten noch mehr, du begegnest einem halben Dutzend Menschen. Es riecht nach zu viel Möbelpolitur und Raumspray. Silencio bekommt unter Garantie gerade Kopfschmerzen. Jeder, dem du begegnest, sieht dich an, als fürchte er, verhaftet zu werden. Keiner spricht Französisch oder Englisch. Du gehst vor zum Steuerstand, überblickst den Yachthafen, rufst bei der Agentur an und erkundigst dich nach dem Skipper. Man versichert, dass später noch jemand kommen, die Elektrik überprüfen und sich darum kümmern wird, dass morgen alles abfahrbereit ist. Mehr gibt es nicht zu tun.

Als ihr zur vereinbarten Zeit an der Place Georges Grammont eintrefft, ist Silencio einigermaßen erschöpft. Die tief hängenden Wolken pressen die Wärme in die Gassen. Die Hermès-Villa – ein dreigeschossiger, pastellfarbener Mädchentraum – wirft einen fahlen Schatten über den Vorplatz. Von den beiden Frauen, die sich die Zeit im Viertel hinter der Rue Henri Seillon vertreiben wollten, ist nichts zu sehen. Du setzt dich unter den Schirm, der dem Hafen am nächsten ist, bestellst eine Cola, hoffst auf einen Luftzug. Die Bedienung stellt Silencio ungebeten einen Wassernapf unter den Schirm.

Anderthalb Stunden nach dem vereinbarten Zeitpunkt siehst du Frau Breuer und Frau Wolff unter dem angedeuteten Balkon aus dem Hermès-Haus treten. Von Frau Breuers Armbeugen baumeln Shopping-Bags, überraschend aber ist, dass sie und Frau Wolff das gleiche Kleid tragen. Es ist das Kleid, über das sie auf der Herfahrt gesprochen haben und von dem Frau Wolff meinte, es stehe ihr nicht, sie sei nicht der Typ dafür. Eine der Puppen im Schaufenster trägt es ebenfalls, und so sieht es für einen Moment aus, als stünden unter der Balkonbrüstung drei Frauen in identischen Kleidern. Du widerstehst dem Impuls, dich abzuwenden. Ihr seid verabredet, *sollt* euch treffen. Also hebst du die Hand und machst auf dich aufmerksam.

Frau Breuer rauscht an den Tischen vorbei auf dich zu. Die andere folgt ihr mit unsicherem Gang und auf sehr hohen Absätzen. Die Kleider machen aus den beiden Ausrufezeichen. Auf dem Platz ist niemand, der sie nicht bemerkt.

»Sieht sie in dem Kleid nicht fantastisch aus?!« Mit aus-
140

gebreiteten Armen setzt Frau Breuer sich neben dich und lässt rechts und links die Tüten fallen. Silencio schreckt auf. »Ich *musste* es ihr einfach schenken!«

Frau Wolff setzt sich euch gegenüber und hält den Blick gesenkt, wickelt sich eine Haarsträhne um den Finger.

Du fragst dich, woher diese demonstrative Großzügigkeit rührt. Hat Herr Breuer seiner Frau aufgetragen, die Begleitung seines Geschäftspartners für sich zu gewinnen? Oder will sie zeigen, dass sie auch den Vergleich mit einer zwanzig Jahre Jüngeren nicht scheuen muss – selbst wenn die Modelmaße hat und das gleiche Kleid trägt? Manchmal ist die Erklärung ganz banal.

»Jetzt brauche ich aber dringend einen Apéro«, sagt sie. »Melanie – was ist mit dir?«

Die Sonne ist so weit gesunken, dass sie unter den Wolken hervorkommt. Du setzt die Frauen am Fuß der Freitreppe ab. Die Abendschatten kriechen die Stufen hinauf.

»Lass den Wagen einfach hier stehen«, sagt Frau Breuer.

Du stellst den Motor ab, steigst aus, hebst Silencio aus dem Kofferraum. Die ersten Schritte sind immer die schwersten für ihn.

»Na komm schon, Melanie«, ruft Frau Breuer, »nicht so schüchtern!«

Sie hakt sich bei der anderen ein und zieht sie die Stufen empor.

Du beugst dich zu Silencio hinunter. »Warte hier«, flüsterst du. Dann nimmst du die Einkaufstüten und trägst sie den Frauen hinterher.

Robert Wolff steht auf der Terrasse des Haupthauses, die Arme vor der Brust verschränkt, und blickt auf dich herab. Ein Monolith. Bereits am Flughafen hast du dich gewundert, wie ein so kleiner Mann eine solche Gravitation haben kann. Als du den zweiten Treppenabsatz erreichst, siehst du Breuer, der weiter hinten auf einer der Couches sitzt und den Kopf abgewendet hat. Wolffs Gesichtsausdruck ist nicht zu erkennen, doch das ist auch nicht nötig. So sieht keiner aus, der gerade eine erfolgreiche Verhandlung hinter sich hat. Sephora, die drüben am Pool Blüten aufsammelt, wirft dir einen alarmierten Blick zu.

Beschwingt geht Frau Breuer voraus auf die Terrasse, zögert aber unvermittelt. Auch du hältst inne, behängt mit Tüten. Selbst Frau Wolff bleibt zwei Meter vor ihrem Mann stehen. Jeder spürt es. Du denkst an Agueda, euer Gespräch von vorhin: *Es ist körperlich.* Du glaubst, seinen Geruch wahrzunehmen, dabei trennen euch gut sechs Meter.

Wolffs Gesicht lässt keinerlei Emotion erkennen. Ein hängendes linkes Lid verdeckt die Hälfte der Iris. Beinahe könnte er schlafen, verdauen, ein Reptil. Umso unerwarteter der Ausbruch:

»Kannst du mir mal erklären, was das soll?!«

Es ist nicht klar, warum, aber jeder weiß, das Kleid ist gemeint.

»Bettina hat es mir geschenkt«, entschuldigt sich Melanie.

»Bettina?! Glaubst du, wir sind hier, um Almosen entgegenzunehmen?!« Er hat seine Frau schneller am Arm gepackt, als die zurückweichen kann. »Du gehst jetzt sofort aufs Zimmer, ziehst dich um und gibst diesen Fummel zurück!«

Einen Augenblick lang herrscht vollkommene Reglosigkeit.

»Und die Schuhe?«, fragt Melanie.

Er schäumt: »Was glaubst du wohl?!«

Ohne ein weiteres Wort wendet die Frau sich ab und stöckelt in den Innenhof. Als sie die Sackgasse bemerkt, kehrt sie um, eilt mit kleinen Schritten an euch vorbei, trippelt die Stufen hinunter und entfernt sich Richtung Gästehaus. Auf dem Sofa sitzt Breuer, die Ellenbogen auf den Knien, drei Finger an jeder Schläfe. Die Masken sind gefallen, denkst du.

»Ich …«, setzt Frau Breuer an, »… gehe mich erst einmal frisch machen. Nino, kommst du?«

15

Es ist *nicht* Frau Breuer, die an deine Terrassentür klopft, sondern ihr Mann. Dir fällt ein, dass ihre Slipper noch immer unter deinem Bett liegen. Du warst früher laufen als sonst, bist eben zurückgekehrt und zum ersten Mal an diesem Tag wirklich bei dir. Dein Puls hat sich normalisiert.

Ralf Breuer ist ein besonnener Mann, sachlich. Einer, der eine verfahrene Situation argumentativ zu lösen versucht. Er ist bemüht, den Schein zu wahren, doch sein Blick, sein Gesicht, einfach alles an ihm verrät, dass er mit seinem Latein am Ende ist. Einen wie Wolff interessieren Argumente nicht. Frau Breuer hatte recht: Harte Bandagen sind nicht die Disziplin ihres Mannes.

»Ich bitte Sie wirklich nur ungern, Nino, aber Sie würden meiner Frau und mir einen großen Gefallen erweisen, wenn Sie wenigstens beim Aperitif dabei sein könnten.« Er erklärt sich: »Bettina meint, wenn es noch etwas gibt, das deeskalierend auf die Situation einwirken könnte, dann Ihre Anwesenheit. Ich bitte Sie von Herzen, Nino …«

Du denkst an Wolff, sein hängendes Augenlid, das ausdruckslose Gesicht, den Geruch. Schließlich sagst du: »Ich komme.«

Als du kurz darauf mit einer weißen Hose und einem mintgrünen Poloshirt bekleidet unter dem Segel hervortrittst, fühlst du dich beobachtet. Frau Breuer steht im Licht der untergehenden Sonne auf der großen Terrasse und blickt durch ihr Fernglas auf dich herab. Es ist ein Swarovski EL 8,5 x 42, in Grün. Die meiste Zeit steht es auf dem Kaminsims. Zum Beobachten von Vögeln gibt es praktisch nichts Besseres. Wenn sie wollte, könnte sie mit dem Fernglas von dort oben deine Bartstoppeln zählen.

Es gibt nicht viel im Leben von Frau Breuer, das sie noch weniger interessiert als das Beobachten von Vögeln. Hin und wieder aber taucht in der Bucht eine dieser Yachten auf, gegen die sich selbst die *Esmeralda* wie ein Beiboot ausnimmt. Future-Yachten nennt sie diese Schiffe. Dabei ist mit »Future« ihre eigene Zukunft gemeint. Für solche Gelegenheiten besitzt sie das Fernglas. Dann dreht sie so lange am Justierrädchen, bis sie den Namen auf dem Bug entziffert hat, googelt das Boot und sieht nach, ob der Eigner auf der Forbes-Liste zu finden ist. Sie inszeniert es als Spiel, selbstironisch, nur Spaß. Früher hast du dich gelegentlich gefragt, wie sich so ein Leben wohl anfühlt – wenn man ein 2000-Euro-Fernglas braucht, um nach etwas Ausschau halten zu können, das einem noch erstrebenswert erscheint. Inzwischen weißt du es.

Den Rekord hält die *Annapurna*. Hanny Chan, Südkorea. Damals Forbes-Liste Platz 13. Sie ankerte relativ weit draußen und sah dennoch riesig aus, wie falsch ins Bild montiert. Frau Breuer konnte das Fernglas kaum absetzen. Irgendwann glitten zwei Frauen vom Heck ins Wasser, und während der gesamten Zeit, in der sie um die Yacht herum schwammen, standen zwei muskulöse Männer in mintgrünen Poloshirts unbeweglich auf der Plattform und hielten die Handtücher bereit. Von ihrer nächsten Shoppingtour brachte Frau Breuer eine Tüte mit, für dich. Ein Karton, Seidenpapier. Vier Polohemden, mintgrün. Nur so, zum Spaß. Eines davon trägst du jetzt.

Die Sonne spiegelt sich in den Linsen des Swarovski, zwei leuchtend orangefarbene Kreise starren dich an. Aus dem Bungalow kommt mit ungleichen Schritten Silencio, drückt dir vorsichtig die Stirn in die Kniekehle. Du hockst dich vor ihn, kraulst seinen Hals.

»Geh wieder rein«, sagst du, »ich bleib nicht lange.«

Du entschwindest zwischen den Büschen hinter dem Olivenbaum und nimmst den direkten Weg zum Pool hinauf. Nach der letzten Biegung steht plötzlich Sephora auf dem Weg: weiße Bluse, schwarzer Rock, zu früh erwachsen geworden.

»Was ist los?«, fragst du. What is it?

»Er ist in mein Zimmer gekommen!« He came into my room!

Du weißt nichts zu sagen.

»Er hat mich angefasst!« Sie greift sich an den Oberarm. »Ich habe ihm gesagt, dass ich das nicht will.«

»Und was hat er gesagt?«

»Er hat mich gefragt, ob ich noch Jungfrau bin, und dass er mich besser ficken würde als jeder Neger. Dass ich es nicht bereuen würde.«

Du würdest gerne umdrehen und gehen, so weit weg wie möglich. Doch die Situation erfordert ein Handeln von dir. Es ist nicht dein Haus, dennoch trägst du Verantwortung, hast Sephora eingestellt. Du hast immer gedacht, mit einer DIS spieltest du auf der Verkorkstheitsskala auf jeden Fall im oberen Drittel mit. Wenn du aber bedenkst, was hier in den letzten achtundvierzig Stunden alles vorgefallen ist, kommt dir deine Disposition ziemlich normal vor.

Sephora ist noch immer außer Atem.

»Ich habe ihm gesagt, wenn er nicht sofort geht, schreie ich das Haus zusammen. Da hat er nur gegrinst. ›Wir sehen uns später‹, hat er gesagt.« Sie blickt dich an. »Ist es das, wofür ich nach Europa gekommen bin?«

Ein halber Tag hat Wolff genügt, und auf dem gesamten Anwesen ist niemand mehr, der keine Angst vor ihm hätte. Zehn Schlafzimmer, und nirgends kann Sephora sich sicher fühlen. Noch immer umschließen ihre drahtigen Finger den Oberarm.

»Wenn du willst«, sagst du, »kannst du bei mir im Bungalow schlafen.«

Als Sephora und du die Terrasse des Haupthauses betreten, sitzt Wolff auf dem Platz, den vorhin noch Breuer innehatte. Seine Frau sitzt neben ihm. Bettina Breuer hat ihren Platz nicht verlassen, das Fernglas liegt neben ihr auf der Balustrade.

»Da seid ihr ja«, begrüßt sie euch, »wie schön!«

Als könne ohne euch der Abend nicht beginnen.

Im selben Moment kommt ihr Mann mit einem Tablett voller Gläser aus dem Wohnzimmer.

»Nino! Schön, dass Sie da sind.«

Ungeschickt stellt er es auf dem Sofatisch ab. Wolff beugt sich vor und nimmt sich unaufgefordert einen Drink, während Breuer Frau Wolff ein schlankes Glas reicht. Das andere schlanke Glas trägt er zu seiner Frau hinüber, kehrt aber sofort zurück.

»Nino, was kann ich *Ihnen* bringen?«

Spätestens jetzt ist klar, dass Breuer alles tun würde, um in Bewegung zu bleiben, sich nicht zu seinem Gast setzen zu müssen.

»Danke«, erwiderst du, »ich kann selbst …«

»Nein, bitte«, er hält das Tablett schon wieder in der Hand. »Einen Weißwein?«

Ihr seht einander an. Du trinkst keinen Alkohol, und Breuer weiß das.

»Ich bring Ihnen einen Sancerre«, entscheidet er und verschwindet im Haus, gefolgt von Sephora, die in der Küche gebraucht wird.

Wolff schmeckt dem Drink nach, lehnt sich zurück. »Mannomann!« Sein Kommentar könnte dem Drink gelten, aber er ist anders gemeint. »Du scheinst ja ein ganz besonders liebreizendes Kerlchen zu sein.«

Du antwortest nicht, bist nichts gefragt worden.

»»Nino, wie schön!««, imitiert er die Breuers. »Da sind Sie ja! Was darf ich Ihnen bringen?«« Er nimmt einen ausgedehnten Schluck. »Was ist das für eine Welt, frage ich mich, in der der Hausherr seinen Bediensteten bedient? Was ist mit den Regeln passiert, die diese Gesellschaft mal zusammengehalten haben? Und wir wundern uns, dass alles drunter und drüber geht.«

Wolffs Sofa ist Teil einer Sitzgruppe. Vor ihm befindet sich ein Couchtisch, ihm gegenüber stehen zwei Sessel. Du stehst hinter den Sesseln. Wolff legt rechts und links die Arme auf die Rücklehne, schwenkt mit der ausgestreckten Hand seinen Drink. Melanie sieht neben ihm aus wie eine Gummidichtung. Dein Sancerre lässt auf sich warten.

Wolff deutet mit dem Glas auf die Sessel.

»Setz dich.«

»Danke, ich glaube, ich stehe lieber.«

»Setz dich!«

Ohne es erklären zu können, setzt du dich.

»Wenn das mein Haus wäre«, sagt er, »dann würdest du hier be*dienen* und nicht bedient *werden*.«

»Es *ist* nicht Ihr Haus.«

Wolff lacht kurz auf, und sein Lachen ist das Furchteinflößendste, was du bis jetzt von ihm gesehen hast. »Noch nicht«, sagt er, »*noch* nicht. Ein richtiger Mann bekommt, was er will. Er nimmt es sich.«

»*Wäre* es Ihr Haus, würde ich nicht hier arbeiten.«

»Ach – du *arbeitest* hier! Anscheinend muss der Begriff Arbeit neu definiert werden.«

Seine Frau, die mit beiden Händen ihr Glas festhält, sagt: »Robert, ich weiß nicht, ob …«

Ohne seinen Blick von dir zu wenden, nimmt Wolff den Arm von der Lehne und hebt die Hand wie für einen Orchestereinsatz. Sofort verstummt seine Frau.

»Ist dir eigentlich klar, warum die Menschen hier dich so mögen?«, fragt er.

Du könntest ihm sagen, dass du eine Theorie dazu hast, aber erstens geht ihn die nichts an und zweitens interessiert sie ihn nicht. Wolff wohnt tatsächlich etwas Reptilienhaftes inne. Etwas, das bereits Jahrhunderttausende existiert hat, bevor der Mensch die Erde bevölkerte, und das noch existieren wird, lange nachdem die Menschheit sich ausgerottet hat.

»Weil du schwach bist«, sagt er. »Weil du ein bemitleidenswerter Schwächling bist. Mitleid – das ist der Grund. Noch eine Schwäche übrigens. Du bist schwach, und du wirst aus Schwäche gemocht. Und es ist Schwäche, die den Hausherren dazu bringt, vor mir *weg*zulaufen wie ein feiger Hund, um *dir* etwas zu trinken zu bringen!«

Melanie weiß inzwischen nicht mehr, wohin sie ihren Blick noch richten soll. Ihre Hände klemmen zwischen den Knien. Um zu wissen, was Frau Breuer macht, müsstest du den Kopf wenden. Doch da nicht das kleinste Geräusch aus ihrer Richtung zu vernehmen ist, nimmst du an, dass sie erstarrt ist.

»Fickst du sie eigentlich?«

Alles in dir sträubt sich. Sogar deine Kopfhaut zieht sich zusammen.

»Die kleine Schwarze«, erklärt Wolff, »fickst du sie? Oh nein. Nicht einmal dazu bist du imstande? Ein Trauerspiel. Weißt du, was ein richtiger Mann an deiner Stelle tun würde? Er würde die Kleine nehmen und sie ficken.« Er stellt das leere Glas ab. »Gibt's in diesem Haus eigentlich auch einen Aschenbecher?«

Du wünschst dir, du könntest Lola jetzt rausschicken. Tor auf, und sie stürmte hervor wie eine Amazone, um Wolff mit ihrer Lanze zu durchbohren, die erst auf der Rückseite des Sofas wieder zum Vorschein käme.

Doch es passiert nicht.

Als sich endlich wieder etwas regt, ist es Breuer, der aus dem Haus kommt, ein Glas Sancerre vor sich hertragend.

»Entschuldigen Sie, Nino. Hat etwas länger gedauert.« Er stellt das Glas ab und klatscht in die Hände. »Dafür hab ich gute Nachrichten: Wir können essen!«

»Vielen Dank, Herr Breuer.« Du stehst auf, ohne das Glas anzurühren. »Sollten Sie mich noch brauchen – ich bin im Bungalow.«

16

Nach Wolffs Auftritt auf der großen Terrasse machst du mit Silencio einen Abendspaziergang hinunter zu den Containern an der Avenue Edouard Mac Avoy, Abstand gewinnen. Langsam, sonst kann der Hund nicht Schritt halten. Die Brise, die von der Bucht heraufzieht, riecht nach frischem Harz und legt sich wie ein kühlendes Tuch über den Asphalt. Zwei, drei Tage noch, dann wirst du morgens aufwachen, und es ist Herbst. Silencios Gang merkt man die gebrochene Hüfte kaum an, doch er ist stärker mit sich selbst beschäftigt als sonst, sieht kaum einmal zu dir auf. Als eine Katze vor euch die Straße überquert, tut er so, als bemerke er sie nicht.

Auf dem Rückweg, langsamer noch jetzt, da es bergauf geht, bemerkst du, dass am zweiten Tag in Folge kein Laut von jenseits der Jack'schen Mauern zu hören ist. Am Punkt hinter der letzten Biegung wendest du den Blick zurück. Die Liege steht unverändert neben der beleuchteten Palme, das über die Lehne hängende Badetuch schaukelt leicht hin und her. Rauch jedoch steigt keiner auf, von Trinity ist nichts zu sehen. Keines der Zimmer ist erleuchtet. Die einzigen Hinweise auf etwaige Bewohner sind das Handtuch und eine offen stehende Terrassentür. Du hörst die Zikaden und, wenn du die Ohren spitzt, das Summen der Insekten unter der Laterne. Sollten morgen noch immer das Handtuch über der Lehne hängen und die Tür unverschlossen sein, wirst du nachsehen. Silencio sieht zu dir auf. Auch er hat genug von diesem Tag.

Du entscheidest dich für die schmale, versteckte Treppe, die von der Einfahrt hinauf zum Bungalow führt. Nach etwa der Hälfte der Stufen bleibt Silencio stehen, also schiebst du ihm die Arme unter Hüfte und Schulter und trägst ihn das letzte Stück vor deinem Körper.

Unter dem Feigenbaum angekommen, siehst du Sephora auf den Stufen der Terrasse sitzen. Sie trägt Jeans und Sandalen, auf ihren Oberschenkeln liegt eine Waschtasche und etwas, das ein rosafarbener Pyjama sein könnte. Sie reibt sich die Knie. Sobald sie dich bemerkt, steht sie auf, als sei sie ertappt worden.

»Tut mir leid.«

Du legst den Hund neben der Liege ab, wo er augenblicklich von Sephora mit Empathie überschüttet wird. Einen Moment lang betrachtest du die beiden, und der Anblick des neben dem Hund knienden Mädchens löst etwas in dir aus, das schwer zu greifen ist. Die Hand um den Türflügel gelegt, sagst du: »Du kannst in meinem Bett schlafen«, und gehst in den Bungalow. Dort beziehst du Kissen und Decke, spannst ein frisches Laken über die Matratze, und dann verstehst du es plötzlich: Du hast den Wunsch, sie zu beschützen.

Dein Bett verfügt über kein Kopfteil, stattdessen hast du zwei große Kissen, die du gegen die Wand lehnst. Du fegst die Krümel auf, räumst noch ein paar Sachen weg, und als es nichts mehr zu tun gibt, nimmst du die Slipper von Frau Breuer und schiebst sie unter das Sofa in der Wohnküche. Zum Schluss ziehst du zwei Handtücher – ein großes und ein kleines – aus dem Schrankteil neben Lolas Hälfte und kehrst auf die Terrasse zurück.

Sephora steht am Geländer und blickt hinunter in die Bucht. Silencio scheint zu schlafen.

»Schön haben Sie es.«

Der Mond ist nicht zu sehen, kündigt sich aber schon an und wird in den nächsten Minuten hinter der Île du Levant aus dem Meer aufsteigen.

»Sind Sie immer allein hier«, fragt sie, »das ganze Jahr?«

»Dienstags kommt die Gärtnerin ...«, erwiderst du.

»Sie sind gern allein, oder?«

Sie sieht dich an, während du beobachtest, wie sich eine erste Silberhaut auf die Insel legt.

»Möchtest du etwas trinken?«, fragst du. »Ich hab aber nur Wasser.«

»Nein, danke.« Sie dreht sich mit dem Rücken zum Geländer. »*Ich* bin nicht so gern allein. Vielleicht weiß ich's auch einfach noch nicht. Ist neu für mich.« Ihre Hände tasten hinter dem Rücken nach dem Geländer. »Ich hab drei Brüder – einer schlimmer als der andere. Aber bis vor Kurzem waren sie einfach immer da, mein ganzes Leben lang.«

Der Mond breitet eine zweite und eine dritte Silberhaut über die Insel. Das Meer beginnt zu schimmern.

»Jaden ist bei unseren Eltern geblieben. Die anderen ... Wir wurden getrennt.«

Eure Blicke treffen sich. Sephoras Pupillen sind zwei große schwarze Löcher, von ihren Augen ist nur das Weiß zu sehen.

»Ich will kein Mitleid«, sagt sie. »Ich bin hier, und es geht mir gut. Ich darf sogar arbeiten. Aber ich werde mir nicht meine Würde nehmen lassen.«

Du streckst die Arme vor.

»Ich hab dir ein paar Handtücher rausgesucht.«

Als Sephora aus dem Bad kommt, trägt sie den rosa Pyjama. Auf der Vorderseite sind zwei Comicfiguren, Vater und Tochter. Die Simpsons oder so, du kennst dich da nicht aus.

»Gute Nacht«, sagt sie und verschwindet im Schlafzimmer. Dir wird klar, dass du nicht einmal erahnen kannst, wie sehr sie ihre Familie vermisst.

Du beseitigst die Reste von Lolas Milchreisschlacht. Das meiste hat Silencio inzwischen aufgeleckt. Da sind Spuren seiner Zunge auf der Scheibe und an der Kühlschranktür. Doch das Aprikosenkompott klebt nach wie vor am Fenster über der Spüle, und es finden sich kleine Scherben in den Fliesenfugen.

Du hast die glatten Flächen geputzt, den Boden gefegt und leerst die Küchenschaufel in den Mülleimer, als ein dezentes Klirren zu hören ist. Auf der Terrasse steht Ralf Breuer, zwei Weingläser in der einen, den angebrochenen Sancerre in der anderen Hand. Sein Gesicht ist eine einzige, traurige Bitte.

Ist nicht das erste Mal, dass er sich auf deine Terrasse einlädt. Er sitzt gerne unter dem Bootssegel, auch wenn er der Idee anfangs skeptisch gegenüberstand. Schließlich ist es das einzige gestalterische Element auf dem Grundstück, das nicht von seiner Frau, einem Innen-, Außen- oder Landschaftsarchitekten oder einem Feng-Shui-Berater ausgewählt wurde.

Vorletztes Jahr kam er bei strömendem Regen barfuß und mit ausgebreiteten Armen über die Wiese gelaufen. Von seinen Füßen spritzte Wasser auf. In der einen Hand hielt er eine Bier-, in der anderen eine Coladose. Kaum saß er mit dir auf der Terrasse, der Regen prasselte aufs Segel und rann in Fäden von den Kanten herab, stieß er mit dir an und rief: »Wie bei einer Zeltfreizeit!«

Du schiebst die Tür auf.

»Nehmen Sie ruhig die Liege. Ich hol mir einen Stuhl.«

Er nickt, dankbar, sich nicht erklären zu müssen, lässt sich auf die Liege fallen und sieht für einen Moment sehr alt aus. Du stellst einen Stuhl neben die Liege und schließt die Tür hinter dir.

Breuer beugt sich schwerfällig vor, füllt beide Gläser und stellt die Flasche auf den Bohlen ab.

»Sie haben ihn noch nicht einmal probiert.«

Du lässt dir ein Glas reichen, trinkst. Der Wein schmeckt auf elitäre Weise teuer. Ein Geschmack, der nicht von jedem verstanden werden will. Nicht von dir jedenfalls.

Breuer betrachtet den schlafenden Silencio.

»Sieht unbequem aus.« Gemeint ist das Hüftkorsett. »Wie geht's ihm?«

»Er versucht, sich nichts anmerken zu lassen.«

Breuer atmet schwer ein und noch schwerer aus.

»Würde ich auch gerne – mir nichts anmerken lassen.« Er nimmt einen großen Schluck und schließt die Augen. »Ich sag Ihnen was, Nino – behalten Sie's für sich, in Ordnung? Eigentlich bin ich für diesen Job, den ich mir selbst geschaffen habe, nicht mehr der Richtige. Ich habe die Firma aufgebaut, sie groß gemacht. Jetzt sitze ich am Steuer eines Supertankers, der Markt aber hat in den vergangenen zehn, fünfzehn Jahren so an Dynamik gewonnen, dass ich den Tanker steuern muss wie ein Kanu. Es gibt Manager, die können das. Es gibt sogar welche, die brauchen das – wenn es jeden Tag um alles geht. Doch zu denen gehöre ich nicht.« Er trinkt sein Glas aus, schenkt sich nach. »Bilfinger – sagt Ihnen das etwas?«

»Ein Bauunternehmen.«

»*Das* Bauunternehmen, richtig. Fünf Milliarden Jahresumsatz, sechzigtausend Mitarbeiter. Die haben *alles* gebaut: Schleusen im Panama-Kanal, die U-Bahn von Buenos Aires. Eine Zeit lang ist jeder Auftrag, den wir nicht bekommen haben, an Bilfinger gegangen. In vielen Bereichen waren die

Weltmarktführer, absolut unangreifbar. Und jetzt? Fünf Gewinnwarnungen innerhalb eines Jahres. Damit sind sie ebenfalls Weltmarktführer. Der Tanker hat schwer Schlagseite bekommen. Und warum? Weil die Geschäftsleitung sich *einen* Moment zu lange nach hinten gelehnt und die Entwicklung verschlafen hat. Marktlage falsch eingeschätzt. Hätte jedem passieren können. Hatten eine riesige Sparte für die Ausrüstung von Kraftwerken. Dann kam die Energiewende, und plötzlich brauchte niemand mehr Kessel und Dampfleitungen. Da ist mal eben eine Milliarde Umsatz weggebrochen. Ich bin ein guter Manager, Nino. Und ich liebe meinen Job. Aber nicht auf der Brücke eines Tankers im Wildwasserkanal.«

»Sie brauchen diesen Auftrag …«

»Mein Tanker braucht Treibstoff, Sie sagen es. Meine Holding beschäftigt zwölftausend Angestellte. Ich habe noch nie betriebsbedingt kündigen müssen, Nino, noch nie. Kommt mir vor wie der Sündenfall. Da hängen Existenzen dran, Familien, Bausparverträge. Und alles nur, weil *ein* Mann den Hals nicht vollkriegen kann. Ich empfinde das als zutiefst ungerecht.«

Eine Weile betrachtest du die gelbliche Flüssigkeit in deinem Glas.

»Was genau will er denn?«

»Zu viel. Viel zu viel … Sie trinken ja gar nichts.« Er füllt sein Glas zum zweiten Mal. »Bei einem Auftrag dieser Größenordnung wird immer irgendwer geschmiert. Damit kalkuliert man. Aber was Wolff verlangt, ist ohne jedes Maß. Der ist wie eine alttestamentarische Plage. Und was danach noch übrig ist, interessiert den nicht die Bohne.« Breuer blickt zur Villa hinüber. »Ich hätte niemals zulassen dürfen, dass er herkommt. Das war vielleicht mein größter Fehler. Hat man den einmal über die Schwelle gelassen …«

»Aber Sie haben ihn eingeladen …«

»Noch so ein Ding: Kein Mensch kann sich erklären, wie diese Einladung überhaupt zustande kam. Offenbar wurde sie vom Account meiner Sekretärin abgeschickt, aber weder sie noch ich wissen etwas davon. Wenn ich es nicht besser wüsste, würde ich sagen, der hat ihren Account gehackt. Die Einladung hing an seiner Antwortmail – las sich wie ein Schüleraufsatz. Als hätte er eine Putzfrau bestochen, sie heimlich vom Rechner meiner Sekretärin aus zu versenden, oder als hätte ihn jemand herlocken wollen. Ich sage Ihnen: An diesem Typen ist nichts koscher.«

»Herlocken?«

»Nur so ein Gedanke.«

Du überlegst, wie du an Breuers Stelle handeln würdest – was wenig Sinn ergibt, denn jemand wie du wird nie an Breuers Stelle sein.

»Können Sie ihn nicht umgehen?«

»Keine Chance. Er sitzt am langen Hebel. Ich erkläre es Ihnen: Bei dem Auftrag geht es um einen Universitätsneubau, Aufbau-Ost-Gelder. 650 Millionen Euro sollen da investiert werden – jetzt hab ich es Ihnen doch gesagt. Und Wolff ist Gemeinderatsvorsitzender. Sie haben ihn ja erlebt: Da tanzen alle nach seiner Pfeife. Wenn der entscheidet, dass der Auftrag an Blohberg geht, dann geht er an Blohberg – auch wenn wir hundert Mal das bessere Angebot vorgelegt haben. Ich will vor so einem nicht klein beigeben.«

Nach diesem Satz denkst du, dass da noch etwas ist. Dass Breuer etwas zurückhält. Du trinkst einen Schluck, hältst ihm das Glas hin. Er schenkt dir nach, streicht mit dem Daumen über das Etikett.

»Er würde sich mit weniger zufriedengeben.«

Dich durchzuckt ein Gedanke: »Er will die Villa.«

»Schön wär's. Darüber könnte man reden.«

Es kommt ihm nicht über die Lippen. Er will geschubst werden.

»Was ist es dann?«

»Eine Nacht mit dem schwarzen Zimmermädchen.«

»Mit Sephora?«

»Haben Sie etwa noch mehr schwarze Zimmermädchen angeheuert?«

Du wärst nicht von selbst darauf gekommen, aber jetzt, da Breuer es gesagt hat – wirklich überrascht bist du nicht.

Dein erster Gedanke ist: »Was ist mit seiner Frau?«

»Herrgott, Nino – was weiß ich? Ich glaube, ihm schwebt eine Nacht mit beiden vor, Champagner und blaue Pillen inklusive. Ehrlich gesagt, will ich gar nicht wissen, was genau er sich vorstellt.«

Du schweigst.

»Natürlich habe ich ihm gesagt, dass etwas Derartiges nicht verhandelbar ist.«

»Und was hat *er* gesagt?«

»Was glauben Sie?«

»Dass er ohnehin nicht verhandelt.«

Breuer schnauft und spült nach.

»Das Problem bei einem wie Wolff ist: Der weiß genau, wie weit er jemanden biegen kann. Wann jemand bricht.« Er dreht eine Handfläche nach oben und ballt sie langsam zur Faust. »Der spürt das – wie ein Tier. Und am liebsten will er dich brechen sehen.«

Du blickst auf dein Glas und stellst fest, dass es schon wieder halb leer ist. »Was werden Sie tun?«

»Die Frage ist: Was kann ich noch tun? Ich kann das Mädchen ja schlecht zwingen.«

»Nein.«

»Glauben Sie …?« Breuer löst seine Faust, reibt die Handflächen gegeneinander. »Glauben Sie, man könnte sie fragen?«

»Ob sie Lust hat, eine Nacht mit Wolff in einem Zimmer eingesperrt zu sein?«

»Natürlich nicht. Aber ihr ein Angebot machen …«

»Sie wollen Sephora Geld anbieten?«

»Was meinen Sie? Es wäre ja nicht zu ihrem Schaden. Ich könnte ihr … zwanzigtausend bieten, fünfzig von mir aus. Mein Gott, ich könnte ihr eine Million geben und käme noch günstig davon.«

Du bildest dir ein, jede Haarwurzel auf deinem Kopf einzeln zu spüren. »Ihr ein Angebot machen, das sie nicht ausschlagen kann.«

»Klingt, als wäre ich ein Mafioso.«

Du stellst dein Glas ab und betrachtest den schlafenden Silencio.

»Kommen Sie, das ist eine Menge Geld«, überlegt Breuer, »zumal für jemanden wie Sephora.«

Er sieht dich fragend an.

»Sie wollen meine Meinung?«

»Vermutlich nicht.«

»Dann hätte Wolff erreicht, was er will. Er hätte Sephora gebrochen. Und Sie ebenfalls.«

»So, wie Sie es sagen, klingt es, als sei *ich* das Monster.«

Du erwiderst nichts. Breuer schüttet die letzten Tropfen aus der Flasche.

»Große Güte, Nino – Sie haben recht.«

Nachdem Breuer gegangen ist, wird es sehr ruhig auf der Terrasse. Der Wind streicht durch die Kiefern. Es ist kühl. Das auf dem Hügel thronende Kastell ist nicht erleuchtet und schimmert als schwarzer Umriss vor dem Nachthimmel.

Du rückst die Liege näher an den Bungalow heran, holst eine Decke für Silencio und eine für dich, setzt dich, lässt einen Arm über die Lehne hängen und legst dem Hund die Hand auf den Hals. Dein Bungalow ist der entlegenste Ort auf dem gesamten Anwesen, aber in den vergangenen zwei Tagen war hier mehr los als in den vier Jahren davor zusammen.

Dein Kopf zuckt zurück. Du weißt nicht, wie viel Zeit vergangen ist. Du gehst in den Bungalow, breitest dein Laken über das Sofa, holst die Decke. Anschließend trittst du auf die Terrasse. Silencio schläft, doch es ist empfindlich kühl geworden. Du hockst dich vor ihn, nimmst ihn auf die Arme. Als du aufstehst, hörst du Geräusche von weiter oben, aus Richtung des Gästehauses. Es ist nicht die Gegenstromanlage.

Das Geräusch ist ein Würgen. Wolff steht nackt am Fußende des Bettes, sein wulstiger Körper eine einzige fleischgewordene Machtdemonstration. Er fickt seine Frau – ein anderes Wort fällt dir dazu nicht ein –, rammt seinen Schwanz in sie hinein wie eine Maschine. Etwas sagt dir, dass die Terrassentür des Dead-Salmon-Zimmers nicht zufällig offen steht.

Melanie kauert im Vierfüßlerstand vor ihm auf dem Bett, hat ihm den Hintern zugedreht, die Knie auf der Kante, die Füße ragen in die Luft. Ihr Gesicht ist nicht zu sehen, doch du erkennst, dass etwas aus ihrem Mund hängt und vor und zurück schwingt, und weil es dir so absurd erscheint, brauchst du ziemlich lange, um zu begreifen, dass es das Ende eines Strumpfs ist, mit dem er sie geknebelt hat. Daher das Würgen.

In kürzer werdenden Abständen kontrahiert Wolffs Hinterteil, dann plötzlich reißt er seine Frau an den Haaren hoch, die ihren Oberkörper aufrichtet und mit den Armen rudert, als er kommt. Dabei drückt er ihr den Strumpf so weit in den Rachen, dass sie beinahe daran erstickt und noch eine Weile spucken und würgen muss, als er sie vor sich auf das Bett gestoßen hat und sie sich endlich das Stück Stoff aus dem Schlund ziehen kann.

Du spürst einen Stich – sehr weit hinten in deinem Kopf –, wie von einer haarfeinen Nadel.

17

»Monsieur Nino!«

Sephora steht mit schreckgeweiteten Augen vor dem Sofa. Adrenalin schießt dir in die Zehenspitzen. Es ist früh, die Sonne kriecht eben erst über den Hügel. Etwas leckt an deinem Arm.

»Ist was passiert?«, fragst du.

Du hebst die Hand, stellst den Blick scharf. Dann siehst du, dass tatsächlich etwas passiert ist: Dicke Rinnsale aus geronnenem Blut ziehen sich über deinen Unterarm. Und erst jetzt, da du das Blut siehst, spürst du auch das Brennen.

Du fragst dich, ob das Blut von dir stammt. Auf den Fliesen vor der Couch ist ein großer Fleck, eine Pfütze, außerdem ist an zwei Stellen das Laken getränkt. Es kann nur von dir stammen. Dein Puls beruhigt sich. Es ist Sonntagfrüh, Sephora hat in deinem Schlafzimmer gelegen, Silencio ist bei dir, dies ist dein Bungalow. Du suchst nach weiteren Verletzungen, doch außer am Arm klebt nirgends Blut.

Beschwichtigend hebst du den unverletzten Arm.

»Keine Sorge, es geht mir gut.« I'm fine.

Doch das Entsetzen will nicht aus Sephoras Gesicht weichen.

»Ist das alles Blut?«

»Sieht so aus.«

Du richtest dich auf und schiebst mit dem Fuß Silencio beiseite, der die Lache beschnuppert. Der Hund setzt sich umständlich auf die Hinterbeine, weicht jedoch nicht von deiner Seite. Eine einzelne Scherbe ragt wie eine winzige Insel aus der Pfütze. Du beugst dich vor und hebst sie auf. Das an ihr klebende Blut hat sich bereits verdickt und bildet keine Tropfen mehr. Eine Seite ist geschliffen, zeigt Spuren eines Musters, und das bedeutet: Sie stammt nicht von der zerbrochenen Milchreisschüssel, sondern von dem Flakon aus dem Dead-Salmon-Zimmer. Hat Lola versucht, sich die Pulsader aufzuschlitzen – mit einer Scherbe aus Wolffs Badezimmer?

Du stemmst die Hände in die Sitzfläche, kommst auf die Beine. Sephora will dir helfen, wagt aber nicht, dich anzurühren.

»Mir geht's gut«, sagst du, »wirklich.«

Lola hat nicht versucht, sich selbst oder dir die Pulsader zu öffnen. Stattdessen hat sie mal wieder eine Nachricht hinterlassen, nur dass sie dafür kein Post-it verwendet hat, sondern deinen Arm. *FEIGE SAU*. Die einzelnen Buchstaben treten hervor, als du im Bad das Blut abwäschst. Sie sind in deinen Unterarm geritzt, in die Innenseite, tief. Du wunderst dich, dass es nicht stärker brennt. Offenbar hatte Lola Schwierigkeiten, im Kreis zu schneiden, weshalb das G und das S aussehen wie aus einer Schimpfblase bei Asterix: ⟨⟩⚡. Ein Akt der Selbstbestrafung? Eine Nachricht an dich? Du denkst an letzte Nacht, an Wolff und seine geknebelte Frau.

Als du nach der Desinfektionssalbe suchst, stößt du auf die eingeschweißte Spritze für das Haloperidol. Du könntest dich auf ein Nebengleis rangieren, auskoppeln – könntest vorgeben, krank geworden zu sein. Drei Tage nur – bis alle wieder weg sind und dieser Irrsinn ein Ende hat. Doch du weißt, wie schwer es ist, von dort zurückzufinden – dass es Jahre dauern kann, sofern es überhaupt gelingt. »Weil du es hast«, hat die Ärztin damals gesagt, »wirst du es nicht brauchen.« Vielleicht hat sie sich geirrt. Womöglich bist du nicht so weit. Wirst es nie sein.

Ein helles »Ping«, so klar wie wenig sonst in den letzten Tagen, weckt dich aus deinen Gedanken. Die SMS ist von Agueda: *Hola! Ankunft: 10:43. Nimm den Porsche. Und bring ein Seil mit! A.*

Du steckst die Spritze in ihr Fach zurück, schraubst den Verschluss von der Tube und beginnst, die eingeritzten Lettern mit Desinfektionscreme zu bestreichen.

Du hast die eingecremte Fläche mit Wundauflagen abgedeckt und reißt mit den Zähnen die Verpackung der Mullbinde auf, als du die Stimme von Frau Breuer hörst, auf Deutsch, aus der Wohnküche.

»Was geht denn hier vor sich?«

Sie weiß nicht, was sie mehr schockieren soll: das Blut, dein Verband oder Sephora in einem rosa Pyjama in deinem Bungalow.

»Sephora«, sagt sie, noch immer auf Deutsch, »du wirst im Haus gebraucht.«

Du übersetzt es.

»Oui, Madame.«

Sie macht einen Knicks, wirft dir einen Blick zu, den du erst nicht deuten kannst, schließlich aber doch verstehst.

»Lass deine Sachen einfach hier«, sagst du.

Sie geht in dein Schlafzimmer, kommt in Jeans und Turnschuhen wieder heraus und verschwindet über die Terrasse.

Frau Breuer wartet, bis Sephora außer Hörweite ist, dann wendet sie sich dir zu, richtet sich auf.

»Was hat dieses Mädchen hier zu suchen?«

»Zuflucht.«

»Zuflucht? Vor was denn, bitte?«

»Da könnte Ihr Mann Ihnen mehr drüber sagen.«

Wolff. Sie versteht.

»Oh Nino, Schatz!« Sie legt dir eine Hand an die Wange. »Du bist so … *gut*. Was ist denn hier nur los? Und was ist mit deinem Arm passiert?«

»Ich hab mich geschnitten.« Aguedas SMS kommt dir in den Sinn. Ankunft: 10:43. »Am besten, ich fahre gleich zum Arzt, dann bin ich heute Nachmittag wieder zurück.«

Sie starrt die Blutlache an, die Flecken auf dem Laken. »Ist das alles von dir?«

»Ist nicht so schlimm, wie es aussieht.«

Sie umfasst deinen Kopf wie ein frisch geschlüpftes Küken mit beiden Händen. Sie liebt die Tragik, denkst du. Sie erhebt sie. Je größer die Blutlache, desto höher. Du wehrst ihren Versuch ab, dich zu küssen.

»Ich fahre dich«, verlangt sie.

Du hältst sie mit einem ausgestreckten Arm auf Distanz.

»Das mache ich schon selbst.«

»Nino …« Sie legt ihre Handflächen aufeinander. »Das ist so … *ehrenvoll* von dir – dass du versuchst, das Richtige zu tun. Aber wie richtig kann etwas sein, wenn es sich so verkehrt anfühlt?«

»Später, Frau Breuer, bitte! Ich muss mich jetzt anziehen und zum Arzt.«

»Ich helfe dir beim …«

»Nein!«

Du weichst in den Flur zurück, gehst ins Schlafzimmer und schließt dich darin ein. Im nächsten Moment wird die Klinke gedrückt.

»Nino?« Ihre Stimme dringt durch die Tür. »Wir müssen reden. Ich kann so nicht mehr weitermachen … Nino!«

»Später! Bitte gehen Sie jetzt!«

Auf dem Weg zum Flughafen und mit Silencio im Kofferraum kommst du das erste Mal zu Atem. Es ist noch früh, du nimmst die Küstenstraße. Die Restaurants werden für die letzten verbliebenen Mittagsgäste vorbereitet, Tische werden gewischt, Markisen ausgefahren. *Restaurant, Glacier, Brasserie* ist auf den Volants zu lesen. Vor den Geschäften stehen Ständer mit dem, was der Sommer übrig gelassen hat: Bikinis, Flip-Flops, Schlauchboote, Postkarten. *Soldes,* alles für die Hälfte. Das Meer ist ungewöhnlich ruhig, unverbraucht, am Himmel nicht eine Wolke. Durchatmen. Es ist so, weil es so sein soll. Oder auch nicht. Spielt keine Rolle. Es ist, wie es ist.

Die Passagiere des Flugs 3U2326 haben nahezu vollzählig den Sicherheitsbereich verlassen, als sich die Milchglastüren auseinanderschieben und Agueda die Schleuse passiert. Zunächst erkennst du sie nicht, denn sie trägt einen mit Luftpolsterfolie ummantelten Schild vor sich her, eins siebzig mal zwei vierzig. Erst als der sich dreht, gibt er den Blick auf sie frei. Sie sieht müde aus, müde, aber unversehrt. Ihr Blick ist der alte geblieben: offen, bereit. Scheiß auf den Tod.

Sie setzt ihren Schild auf dem Boden ab.

»Halt mal kurz«, sagt sie, und sobald deine Hand auf dem Rahmen liegt, nimmt sie dich in die Arme und drückt dir rechts und links einen Kuss auf.

Du wirst es ihr sagen, alles. Wirst vertrauen müssen. Fühlt sich an wie der Sprung von einem Felsen, der höher ist als alles, was du je erklommen hast.

»Worauf wartest du?«

Du würdest viel darum geben, sie so malen zu können: wie sie im Weggehen den Kopf wendet, die Drehung der Schulter, die Aufforderung in ihrem Blick, das Lächeln, die Vorahnung.

Sie fragt, was mit deinem Arm sei, und du antwortest, du hättest dich geschnitten, halb so schlimm. Ihr fahrt, nachdem ihr den Flughafen hinter euch gelassen habt, den Weg, den du gekommen bist – die Küstenstraße entlang. Langsam. Das auf dem Dach verschnürte Bild soll keinen Schaden nehmen. Silencio erholt sich auf der Rückbank von seinem Freudenausbruch. Du fragst, wie es ihr gehe, jetzt, nachdem Guillermo gestorben sei, das ganze Drumherum. Agueda wischt es weg. Sie will, dass es hinter ihr liegt.

Du hast dir vorgenommen, es von selbst zu sagen, ohne Aufforderung. Doch du bringst es nicht über dich. Die spärlich besetzten Tische am Straßenrand lassen die Restaurants aussehen wie uneingelöste Versprechen.

»Still meine Neugier«, sagt Agueda. »Warum hab ich meinen Job verloren?«

Du berichtest, wie Silencio plötzlich weg war, einer Spur gefolgt ist und dich zu diesem Restaurant geführt hat, und wie dieser Mann – Thierry – dich bedrängt und dir seinen Finger in die Brust gebohrt hat, immer wieder. Und was dann passierte.

»Und das wundert dich?«, fragt Agueda. »Nach dem Aufruhr, den du dort veranstaltest hast?«

Du sitzt in der Falle, denn du hast keine Ahnung, von welchem Aufruhr sie spricht. Nicht dass nicht klar gewesen wäre, dass es früher oder später darauf hinauslaufen würde.

Agueda sieht dich an. Kann es nicht glauben. Draußen vor der Küste zieht ein Containerschiff vorbei wie im Traum.

Du sagst: »Ich bin nicht allein.«

Sie lässt den Satz einen Moment sacken, bevor sie sagt: »Erklärung, bitte.«

»Da ist noch jemand.«

»Du meinst, du hast eine Freundin.«

»Nein. Ich meine, ich bin nicht nur ich.«

Was du sagst, ist nicht geeignet, Licht ins Dunkel zu bringen. Abrupt fährst du rechts ran. Ihr seid irgendwo, keine Ahnung. Ein Stand bietet Honigmelonen feil, ein anderer Ledersandalen. Es gibt einen Laden, der Fisch verkauft, daneben eine Boucherie. Und Cafés natürlich, jede Menge.

»Willst du einen Kaffee?«

»Keine Ahnung. Will ich einen?«

»Ja.«

»Okay.«

Ihr sitzt unter einer der vielen Markisen, vor euch ein schmaler Streifen Trottoir. Wenn mehr als zwei Fußgänger aneinander vorbeiwollen, muss einer auf die Straße ausweichen. Neben dir ragt eine Platane aus dem Asphalt. Ist nicht klar, wie sie überleben kann – ganz ohne Erde. Doch sie tut es. Ihre Wurzeln machen, dass sich der Boden wellt und dein Stuhl wackelt, egal, wie du ihn drehst. Jenseits der Straße verläuft eine von Palmen gesäumte Promenade, auf der eine Gruppe Rollerblader Rückwärtsfahren übt.

Du hast es Agueda erklärt: Dass du nicht allein bist. Lola. Was die Therapeuten Dissoziative Persönlichkeitsstörung nennen. Dass es Zeiten gab, in denen du Psychopharmaka geschluckt hast, die du aber irgendwann abgesetzt hast, weil du das Gefühl hattest, Lola damit unrecht zu tun. Dass du dich mit zwei Identitäten und *ohne* Medikamente mehr als du selbst fühlst als *mit* Medikamenten und nur *einer* Identität – auch wenn du im Moment ziemlich ratlos bist, weil lauter beunruhigende Dinge geschehen, seit die Breuers da sind. Es gäbe noch mehr zu erzählen, aber eigentlich ist alles gesagt.

Du horchst in dich hinein und fragst dich, wie es dir geht, jetzt, nachdem du gesprungen bist.

»Das war Lola«, überlegt Agueda, »im Maurin …«

Du kannst nur die Schultern hochziehen.

»Und du weißt *nichts* davon?«

Nochmaliges Schultern-Hochziehen.

»Ist ja krass.« Sie erzählt es: »Also du – oder deine Lola –, ihr habt euch an der Bar einen angetrunken und dann Streit mit einem Stammgast angefangen. Ich dachte, es wäre um mich gegangen – kann aber auch Einbildung sein. Der Typ ist ein ziemlicher Unsympath, aber eigentlich harmlos. Trinkt zu viel und hat zu viel Kohle, mit der er nichts anzufangen weiß. Ich meine: Was gibt es Traurigeres, als alleine Champagner für 280 Euro die Flasche zu trinken? Wollte mich für ein Wochenende auf seine Yacht einladen, dabei ist der schon siebzig oder so. Ist ja auch egal. Jedenfalls hast du oder Lola oder wer auch immer irgendwann Streit mit ihm angefangen, und wenn Thierry dich nicht rausgeworfen hätte, hättest du den bestimmt vermöbelt.«

»Ja«, sagst du, »klingt nach Lola.«

»Und du hast keine Erinnerung daran? Gar nichts?«

Du könntest ein drittes Mal die Schultern hochziehen, doch schon beim letzten Mal kamst du dir reichlich albern vor.

»Willst du noch einen Kaffee?«, fragst du.

Agueda nickt.

Du bestellst. Und erwartest dein Urteil. Als der Kaffee kommt, schüttet sie so viel Zucker hinein, dass du siehst, wie der Milchschaum nach oben steigt. Sie rührt sehr lange. Die Blader sind weitergezogen.

Irgendwann sagt sie: »Okay.«

Und du sagst. »Okay?«

Und sie sagt: »Ja. Ist okay.«

In Ramatuelle angekommen, stellst du den Wagen wieder auf dem Kirchplatz ab. Agueda und Silencio drehen eine Runde, während der du das Bild losbindest. Die Töpferei hat geschlossen. Sonntag. Trotzdem riecht es ein bisschen nach Ton.

»Kannst du es tragen«, fragt Agueda, »mit dem Arm?«

»Sicher.«

Der Gang neben der Kirche führt in den Stadtkern. In den gewundenen Gassen kommst du dir vor wie im Inneren eines Schneckenhauses. Eine unscheinbare Holztür öffnet sich in ein steinernes Treppenhaus. Silencio müht sich die Stufen hinauf. Die Podeste sind so schmal, dass du exakt rangieren musst, um mit dem Bild nicht anzuecken.

»Frühes sechzehntes Jahrhundert!«, ruft Agueda von oben.

Ihre Wohnung liegt im zweiten Stock, die Tür steht offen. Du zögerst. Wenn jemand ungefragt in deinen Bereich eindringt, fühlst du dich schnell in die Enge getrieben.

»Was ist?«, fragt sie. »Brauchst du eine Einladung?«

Die Wohnung ist niedrig, jedoch heller, als man unten in der Gasse vermuten würde. Durch die zwei schlanken Fenster in Aguedas Zimmer scheint die Sonne herein. Es ist gemütlich. Aufgeräumt, einladend, spärlich bestückt. Nichts Unnützes. Ein altes Holzbett ragt in den Raum, eine Nische dient als Wandschrank. In der Mitte ein kleiner Teppich, ein noch kleinerer Schreibtisch steht vor einem der Fenster.

Die einzige unverstellte Wand befindet sich gegenüber dem Bett. Ihr entfernt die Folie von dem Bild. Um es anzulehnen, müsst ihr es ein Stück von der Wand abrücken, denn es ist höher als der Raum. Ihr setzt euch auf die Bettkante. Du spürst Aguedas Nähe mit geschlossenen Augen.

Das Bild erfordert mehr Abstand vom Betrachter, als der Raum zulässt, dennoch überwältigt es dich. So einfach wie komplex. Du hast keine Worte dafür, wie sehr du dir wünschst, du hättest es gemalt. Eifersucht. Das ist neu. Du weißt nicht, was du von Guillermo erwartet hast – nach den wenigen Informationen, die Agueda dir gegeben hat. Etwas intellektuell Durchdachtes, einen therotischen Überbau. Auf jeden Fall nicht etwas derart Kraftvolles, Unverstelltes und Funken Sprühendes.

Das Bild zeigt Agueda mit sechzehn oder siebzehn, wie sie von einem Lichtstrahl getroffen wird, die Augen geschlossen. Der Hintergrund ist unscharf, abstrakt, in kräftigen Farben. Vielleicht eine Straßenszene, etwas, das perspektivisch in die Tiefe führt. Agueda tritt daraus hervor, ins Licht. Es ist das Mädchen, das zur Frau wird. Der magische Moment. Eine Häutung. Etwas, das nur einmal geschieht und dann nie wieder. Du bist tatsächlich eifersüchtig auf Guillermo. Und sagst es:

»Ich wünschte, ich könnte dich so malen.«

»Aber ich bin nicht mehr die auf dem Bild. Schon lange nicht mehr.«

Du denkst an den Moment am Flughafen, die Bewegung, die Augen, das geheime Wissen. »Ich wüsste, wie ich dich malen würde.«

»Mit ist es lieber, wir reden miteinander. Er hat mich nicht lange gemalt, weißt du. Zwei, drei Jahre – bis ich neunzehn war. Danach hatte ich alles verloren, was mich zu seiner Muse machte. ›Du bist sterblich geworden‹, hat er gesagt. Damals verstand ich es nicht. Heute schon.«

Du betrachtest die Farben, das Licht, die Schatten.

»Er hat dich geliebt.«

Agueda beugt sich vor, holt ein Päckchen Zigaretten aus ihrer Handtasche, zündet sich eine an.

»Schwer zu sagen.« Sie lehnt sich zurück und stützt sich auf die Ellenbogen. »Ich weiß nicht, ob er je etwas anderes geliebt hat als sich selbst. Ob er dazu fähig war. Meine Vermutung ist, dass er es nicht war. Aber wir waren wahrscheinlich ziemlich nah dran.«

»Dann muss er auf eine Art sehr einsam gewesen sein.«

»Wie alle Narzissten. Du siehst: Mal mich lieber nicht.«

»Ist nicht so leicht, manchmal«, überlegst du, »sich damit abzufinden, was man alles nicht kann und wer man alles nicht ist. Dass man am Ende nur der sein kann, der man ist und niemand sonst.«

Sie legt den Kopf in den Nacken und bläst den Rauch zur Decke.

»Dann sollte ich dich beneiden – schließlich bist du einer mehr als ich.«

Die schlechten Nachrichten erreichen dich, nachdem du Aguedas Wohnung verlassen und Ramatuelle den Rücken gekehrt hast. Du fährst den Hügel hinab, in der Ferne das Meer, als dein Smartphone klingelt und dir die Nummer der Agentur anzeigt, die für die Wartung der Yacht zuständig ist.

»Je suis désolé.« Die Frau versucht, angemessen zerknirscht zu klingen, bevor sie dir erklärt, dass der Skipper ausgefallen und ein Ersatz kurzfristig nicht zu bekommen ist. »Je suis désolé«, wiederholt sie.

Du könntest nicht sagen, warum, aber etwas an dieser Nachricht fühlt sich schicksalhaft an.

»Je comprends«, erwiderst du, drückst das Gespräch weg und wählst Breuers Nummer.

Der ist froh, von dir zu hören.

»Meine Frau hat gesagt, Sie hätten sich verletzt?«

»Nicht so schlimm. Ich bin auf dem Rückweg. Es gibt aber ein anderes Problem.«

Du erklärst ihm die Sache mit dem Skipper und weißt, wie er darauf reagieren, was er sagen wird. Und genau das tut er, Wort für Wort.

»Können *Sie* es fahren?«

Er weiß, dass du einen Bootsführerschein besitzt, seine Holding hat ihn bezahlt. Aber du hast seit Jahren kein Boot mehr gesteuert und einen Koloss wie die *Esmeralda* noch nie. Den praktischen Prüfungsteil hast du damals auf einem Neun-meter-Boot mit 120 PS gemacht. Die Esmeralda wiegt 50 Ton-nen und hat 2000 PS. Es ist, als solltest du mit einem Mofa-führerschein einen Sattelschlepper einparken. Auch das weiß Breuer.

»Kommen Sie, Nino. Das ist meine vielleicht letzte Chance, ihn noch umzustimmen. Das Ding fährt praktisch von selbst.«

Du zögerst deine Antwort hinaus, solange es geht.

Breuer sagt: »Dafür habe ich Sie diesen Schein schließlich machen lassen.«

18

Die Fahrt nach Saint-Tropez verläuft ohne Zwischenfälle, zumindest was Sephora und dich betrifft. Breuer fährt den Porsche selbst, neben sich Wolff, die Frauen auf der Rückbank. Sephora und du folgt ihnen im Renault. Es war geplant, auch Madame Tsuji mitzunehmen, die während des Ausflugs ihre unvergleichlichen Sushi rollen sollte, doch Breuer hat umdisponiert: Statt eines längeren Ausflugs steht nur noch eine Spritztour auf dem Programm, zwei Stunden maximal. Eine gut gefüllte Bar und ein paar Knabbereien müssen reichen. Außerdem lauert eine Magnum-Flasche Champagner im Kühlschrank – für den Fall, dass er und Wolff sich doch noch einig werden. Ihr bereitet die Yacht vor, solange die Herrschaften im Restaurant gegenüber noch eine Kleinigkeit zu sich nehmen.

Der Putztrupp hat ganze Arbeit geleistet: Es findet sich kaum eine Fläche an Bord, in der man sich nicht spiegeln kann. Du weist Sephora ein, erklärst ihr die Küche, zeigst ihr, wo sie alles findet. Sollte es ein Problem geben – egal was –, wirst du direkt über ihr sein. Bei jedem Gang unter Deck kommt sie an dir vorbei.

Der Drehstuhl für den Bootsführer erinnert an eine Behandlungsliege beim Zahnarzt, das Ruder sieht aus, als öffne es einen Banktresor. Du bist dankbar für die Gelegenheit, dich ungestört mit dem Cockpit vertraut machen zu können. Aus der Konsole vor dir ragen drei Displays. Das linke zeigt die Position an, das mittlere sämtliche Werte von der aktuellen Geschwindigkeit bis zur verbliebenen Frischwassermenge, das rechte alles, was sich in Zahlen darstellen lässt. Du fährst die Jalousien hoch. Freie Sicht auf das Meer, kaum ein Boot auf dem Wasser, ruhige See. Ihr werdet in Küstennähe bleiben und eine kurze Spritztour unternehmen, nichts weiter. Kein Grund, nervös zu werden.

Du startest den Motor, weckst den Riesen aus dem Schlaf. Er springt augenblicklich an. Twin Caterpillar, 2030 PS. Die Vibration ist kaum zu spüren, aber man merkt, dass da etwas ist. Und dass es groß ist. Lola könnte es sicher kaum erwarten, den Hebel umzulegen.

»Sie kommen«, ruft Sephora, die die Kissen der Sitzgruppe unter dem ausfahrbaren Sonnensegel aufschüttelt.

Du erwartest die Breuers und ihre Gäste auf der Badeplattform: Wolff, der voranmarschiert, als wolle er das Meer teilen, gefolgt von seiner Frau auf Stöckelschuhen, Ralf Breuer mit unbeweglicher Miene sowie Frau Breuer, die die Straße wie auf einem Laufsteg überquert und einen Abstand zu ihrem Mann einhält, der dir illoyal vorkommt. Wolff stürmt als Erster an Bord, dabei bleibt er mit dem rechten Fuß an einer Leine hängen und stolpert auf die Plattform. Seine Hände suchen Halt und finden keinen, und so landet er hart auf den Knien. Du reichst ihm die Hand.

»Ich brauche deine Hilfe nicht!«, faucht er und kommt auf die Beine.

Er hasst dich. Noch mehr als Breuer und den Rest der Welt. Bei dir sitzt es tiefer. Er hasst dich nicht für das, was du hast, sondern als den, der du bist. Und dieser Geruch!

»Wie ich höre, wirst du dieses Boot zu allem Überfluss auch noch steuern.«

Beinahe berührt er dich. Du riechst seinen Atem.

»Ja.«

»Ich kenne so Typen wie dich.« Du weichst einen Schritt zurück, um nicht von seinem Speichel getroffen zu werden. »Feige Schmarotzer, die so tun, als könnten sie kein Wässerchen trüben, und es dabei mit der Frau des Chefs treiben – der kein Chef ist, wie man leider sagen muss, sonst würde er es nie so weit kommen lassen.«

Du hörst das Blut in deinen Ohren rauschen. Wolffs Hand schnellt vor. Für den Bruchteil einer Sekunde glaubst du, er könne dich an der Kehle packen, doch er schnappt sich nur den Kragen deines mintgrünen Poloshirts, knetet ihn zwischen Daumen und Zeigefinger und schnippt ihn dann weg wie einen Popel.

»Du weißt nämlich sehr wohl, wie man es einer Frau richtig besorgt, nicht wahr? Spätestens seit letzter Nacht.«

Er weiß, dass du ihn gesehen hast, seine Frau, den Knebel. Wo du gerade ihr Bild vor Augen hast: Sie steht auf dem Steg wie ein scheuendes Jungtier und weiß auf ihren Schuhen nicht an Bord zu kommen. Es ist nur ein Schritt, doch vor ihr klafft eine Lücke.

»Entschuldigen Sie, Ihre Frau möchte an Bord.«

Du schiebst dich an Wolff vorbei und reichst ihr die Hand. Bettina Breuer, die ihr auf dem Fuße folgt, greift ebenfalls nach deiner Hand, verschränkt ihre Finger mit deinen und drückt sich an dich, als drohe sie ins Wasser zu fallen.

Schließlich steigen die beiden Frauen das halbe Dutzend Stufen an Deck. Wolff aber steht weiter neben dir, stoisch, wartet.

Vom Steg ruft Breuer: »Soll ich die Leinen losmachen?«

Du willst an Deck, doch Wolff zieht dich am Arm zurück, einfach so.

»Hör zu«, raunt er. »Bevor ich wieder in den Flieger steige, habe ich die kleine Negerfotze gefickt, du bist deinen Job los, Breuers Ehe ist ein Scherbenhaufen, und ich bin um 15 Millionen reicher, steuerfrei.«

Da ist ein Moment, ein Zucken seines Augenlids. Etwas ist ihm entwischt. Es ging zu schnell, um sicher zu sein, aber du glaubst, Angst gesehen zu haben. Fletscht er deshalb so die Zähne – weil er sich bedroht fühlt? Du schüttelst seinen Griff ab und umfasst den Handlauf der Treppe.

»Sie haben einen sehr penetranten Körpergeruch, Herr Wolff. Wissen Sie das eigentlich?«

Er grinst. Möglich, dass du ihm gerade einen Gefallen erwiesen hast. Vielleicht hat er nur darauf gewartet, dass du ihn herausforderst. Gegen Wolff kommst du nicht an, und das weiß er. Du steigst an Bord, gehst vor zum Fahrstand und rufst Breuer zu: »Leinen los!«

Du steuerst die *Esmeralda* sicher aus dem Hafen und drehst dann nach Steuerbord ab, Richtung Marseille. Sechs Knoten, ein Spaziergang. Der Bug hebt sich kaum aus den Wellen, der schäumende Schweif, den die Yacht hinter sich herzieht, ist ein sanftes Kräuseln der Oberfläche. Frau Breuer führt Melanie unter Deck, zeigt ihr die Kabinen, die Bäder, den integrierten Luxus, der sich hinter jedem der zahllosen Griffe verbirgt.

Die beiden Männer haben im Rondell Platz genommen, Breuer selbst hat einen leichten Weißwein an Deck geholt, im Kühler, gesalzene Pistazien auf den polierten Mahagonitisch gestellt, seinen Kooperationswillen demonstriert.

Sie reden eine Weile, bevor Wolff das erste Mal die Stimme erhebt.

»Wenn Sie nichts Neues anzubieten haben – weshalb sitzen wir dann hier?«

Breuer schenkt seinem Gegenüber nach.

»Weil ich davon überzeugt bin, dass es für unsere Gemengelage einen tragfähigen Kompromiss gibt – nur dass wir ihn noch nicht gefunden haben.«

Als die *Esmeralda* am Flughafen von Toulon vorbeigleitet, kehren die beiden Frauen an Deck zurück – in Bikinis und nach Aloe vera duftend. Frau Breuer streift etwas von ihrem Duft an deinem Oberarm ab. Sie gehen vor zum Bug und lassen sich auf dem Vordeck nieder, exakt in deinem Sichtfeld. Sephora zieht es vor, unter Deck zu bleiben.

Der Ton zwischen Breuer und Wolff verschärft sich. Die Suche nach dem tragfähigen Kompromiss droht in einer Sackgasse zu enden. Es ist vor allem Breuers Ton, der sich verschärft. Wolff sitzt da, die Arme über die Rücklehne gestreckt.

»Das hatten wir doch alles schon«, sagt er.

Breuer kann nicht länger sitzen bleiben, steht auf und blickt auf das, was bereits hinter ihm liegt. »Zu einem Kompromiss«, schimpft er, »gehört, dass sich beide Seiten aufeinander zubewegen.«

Wolff hebt die Arme in einer Kapitulationsgeste.

»Aber ich komme doch die ganze Zeit auf Sie zu!«

»Davon merke ich nichts!«

Vor dir auf dem Sonnendeck wechselt Frau Breuer ihre Position, dreht sich vom Rücken auf den Bauch, versichert sich deines Blickes, bevor sie den Bikiniverschluss öffnet und sich ihr Höschen zwischen die Pobacken zieht, um Bräunungsstreifen zu vermeiden.

»Aber Sie wissen doch«, ruft Wolff, »manchmal sind bereits kleine Aufmerksamkeiten dazu angetan, große Wirkung zu entfalten.«

Breuer baut sich vor dem Tisch auf.

»Worauf Sie anspielen, ist keine kleine Aufmerksamkeit!«

»Moralisieren Sie doch nicht so herum! Was ist denn schon dabei? Wo ist die Kleine überhaupt?« Er lehnt sich nach hinten, genießt die Aussicht. Die Zeit arbeitet für ihn. »Kann diese Blechdose eigentlich auch schneller fahren als Schrittgeschwindigkeit?«

Du drehst deinen Stuhl und begegnest Wolffs Grinsen: Abrechnung. Breuer verdreht die Augen und nickt dir zu. Du legst die Hand um den verchromten Gashebel und schiebst ihn langsam nach vorne. Das Heck drückt sich ins Wasser, die Nase hebt sich. 10, 12, 15 Knoten.

»Endlich frische Luft!«, ruft Wolff. »Hier hat es ja schon gestunken! Ist das eigentlich alles – ein bisschen Frischluft?«

Ist es nicht. Die Höchstgeschwindigkeit ist mit 26 Knoten angegeben. Du wirfst Breuer einen Blick zu: Ihre Entscheidung. Er nickt, ergeben. Du drückst den Hebel nach vorne: 16, 18, 21 Knoten. Die Frauen auf dem Vordeck fahren erschrocken auf, der Rumpf schlägt hart aufs Wasser, zu beiden Seiten spritzt Gischt auf. Die Yacht zieht eine Fontäne hinter sich her. Frau Breuer wirft dir einen alarmierten Blick zu. 24 Knoten. Die Frauen versuchen, sich in Sicherheit zu bringen. Unter dem Boot schaufeln 2000 PS durchs Meer, eine Urgewalt.

Wolff ist aufgestanden, freut sich wie ein Kind, hebt die Arme.

»Ho Hoo!«

Breuer dagegen klammert sich an den verschraubten Tisch. Er brüllt Wolff an, dass seine Stimme selbst über das Röhren des Motors hinweg bis zu dir durchdringt.

»Sie ruinieren mich!«

Aufspritzendes Wasser fegt über das Heck, wirft Kühler und Gläser um und spült die Pistazienschale vom Tisch. Wolffs Hemd klebt ihm am Bauch.

»Und Sie langweilen mich!«, entgegnet er. »Sie langweilen

ja sogar Ihre Frau – oder glauben Sie, die würde es sich sonst von Ihrem Housekeeper besorgen lassen? Und sagen Sie mir nicht, Sie wüssten nichts davon!«

Er lacht dich an, während die nächste Gischtfontäne ihn trifft. 26 Knoten, Höchstgeschwindigkeit. Ich hab es dir gesagt: Ich zerstöre alles! Breuer ist zu konsterniert, um etwas zu erwidern. Das Sonnensegel droht abzureißen. Die Yacht schießt unbeirrt übers Meer, stoßweise peitscht Wasser gegen die Scheiben.

Entfernt hörst du, wie dein Name gerufen wird: »Nino! Nino!«

Du drehst den Sitz in Fahrtrichtung. Frau Breuer hämmert mit der Hand gegen die Windschutzscheibe, zeigt nach vorn, ihr Gesichtsausdruck panisch. Du erkennst etwas, nicht weit vor dem Bug, ein Segel, reißt das Steuer herum. Die beiden Frauen rutschen über das Vordeck. Das Segelboot, ein Einmaster, den du mit Leichtigkeit in zwei Teile schneiden könntest, rast auf Steuerbord an der Kanzel vorbei. Du erwartest den Aufprall, der unerklärlicherweise ausbleibt, siehst zwei Menschen mit den Armen rudern, die Bugwelle der *Esmeralda* trifft ihr Boot längsseits, der Mast wackelt bedrohlich, und wieder hörst du deinen Namen – von Breuer diesmal –, und als du dich umdrehst, ist Wolff verschwunden.

Du reißt den Gashebel zurück. Die Bremswirkung lässt den Bug abrupt ins Wasser sinken. Breuer stolpert herein.

»Mann über Bord«, keucht er.

Abgesehen von Wolff sind alle unversehrt geblieben. Sephora reibt sich den Oberschenkel, als sie die Treppe heraufkommt, Frau Breuer besitzt einen Hut weniger, Frau Wolff ist vorübergehend die Farbe aus dem Gesicht gewichen. Auch die Segler sind mit dem Schrecken davongekommen. Die Fock bläht sich bereits wieder und zieht das Boot auf Kurs.

Als du wendest, entdeckst du Wolff, dessen Kopf in den Wellen zappelt. Etwas an der Art, wie er sich bewegt, kommt dir sonderbar vor. Du musst achtgeben, Wolff nicht unter dem Rumpf zu begraben, denn die *Esmeralda* ist knapp sechs Meter breit, und irgendwann entschwindet er zwangsläufig aus deinem Sichtfeld.

»Stopp!«, ruft Breuer.

Du stoppst die Maschine und eilst nach hinten, doch da hat Wolff die rettende Leiter bereits verfehlt und kreiselt fünf, sechs Meter hinter dem Heck in den Wellen.

»Ich!«, er schluckt Wasser, »kann!«

Ihr steht wie aufgefädelt an der Reling: Sephora, Breuer, du, Frau Breuer, Frau Wolff. Wolffs an der Oberfläche treibendes Hemd sieht aus wie eine übergroße Halskrause. Er schlägt auf die Wellen ein.

»Nicht!«

Und jetzt wird dir klar, was dir an seinen Bewegungen so seltsam erscheint.

»Er kann nicht schwimmen«, sagst du.

Statt Worte zu artikulieren, gibt Frau Wolff nur kehlige Laute von sich, und da sich sonst niemand rührt, ist sie es, die schließlich den Rettungsring aus der Halterung zu ziehen versucht. Eigentlich ist so ein Rettungsring nur eingehängt. Man muss ihn lediglich anheben. Dennoch reißt und ruckelt sie eine ganze Weile daran herum – noch mehr unmenschliche Laute –, bevor sie das Ding endlich in den Händen hält und mit einer ungelenken Bewegung ihrem Mann zuwirft.

Inzwischen beträgt die Entfernung zwischen Wolff und Yacht geschätzte zwölf Meter. Der Ring schaukelt durch die Luft und klatscht etwa drei Meter vor ihm aufs Wasser. Wolff schlägt um sich, die Hände zu Fäusten geballt. Rufen kann er nicht mehr. Wann immer er zu atmen versucht, schluckt er noch mehr Salzwasser. Du überlegst, wie absurd ihr aus seiner Perspektive aussehen müsst – nebeneinander an der Reling stehend –, wie inakzeptabel und demütigend dieser Anblick für ihn sein, wie absolut nicht hinnehmbar ihm die Möglichkeit des eigenen Ertrinkens erscheinen muss.

Du willst dich zum Sprung bereit machen, als Breuer unauffällig nach deinem Handgelenk greift. Er flüstert, ohne die Lippen zu bewegen.

»Moment noch.«

So steht ihr reglos und seht einem Ertrinkenden zu. Nur seine Frau stampft wiederholt mit dem Fuß auf und beginnt zu fiepen. Doch auf die Idee, selbst zu springen, kommt sie nicht.

Immer häufiger taucht Wolffs Kopf unter Wasser, und für Momente, die dir sehr lang erscheinen, sind nur noch seine zuckenden Hände zu sehen. Seine Frau beginnt zu trampeln und zu schreien, während Sephora die Szene ohne erkennbare Regung verfolgt. Als klar ist, dass Wolff die letzten Kräfte verlassen und ihm nur noch wenige Atemzüge bleiben, bevor es ihn endgültig in die Tiefe zieht, löst Breuer seinen Griff und nickt unmerklich. Du springst.

Noch lange, nachdem ihr Wolff aus dem Wasser gehievt habt – es bedurfte der Hilfe aller: Sephora und Ralf Breuer an einem, Bettina Breuer und Frau Wolff am anderen Arm ziehend, du selbst im Wasser, schiebend –, liegt er auf der Plattform wie eine gestrandete Seekuh, keucht, hustet und spuckt Wasser, jeder Atemzug eine Kraftanstrengung.

Seine Frau kniet neben ihm, die Hände zwischen die Schenkel geklemmt, während ihr Oberkörper wie in Zeitlupe vor und zurück schaukelt. Sephora bringt dir ein Handtuch und geht wieder an Deck.

Als sei ein plötzlicher Stromstoß in ihn gefahren, schlägt Wolffs Arm um sich. Die Geste ist unmissverständlich: Schert euch!

»Ich denke, wir kehren um«, weist Breuer dich an. »Und lassen Sie es langsam angehen.«

Du folgst ihm und seiner Frau an Deck. Noch auf den Stufen hörst du Wolff, der seine Stimme wiedergefunden hat.

»Du auch«, raunt er seine Frau an, »weg!«

Auf der Rückfahrt wird viel geschwiegen. Frau Wolff sitzt auf dem Vordeck und blickt ins Nichts, Frau Breuer ist in einer der Kabinen verschwunden. Herr Breuer hat eine neue Flasche Weißwein geöffnet und sich auf den Sessel neben deinem gesetzt.

Er meidet deinen Blick, und du weißt auch, warum. Zweieinhalb Gläser Wein und einen heranrückenden Hafen braucht es, bevor er dir die Frage stellen kann, die unaufhörlich in seinem Kopf kreist. Und selbst dann sieht er nicht dich an, sondern den Rücken von Frau Wolff, die überall auf der Welt lieber wäre als jetzt auf dieser Yacht – mit einem Mann, der sie in dem Moment von sich stößt, da er sich ihren Beistand am meisten wünschen sollte.

»Was Wolff vorhin gesagt hat …« Breuer nimmt einen weiteren Schluck. »Sie wissen schon …«

Du drosselst den Motor, ihr tuckert in den Hafen.

»Ich will nichts von Ihrer Frau«, sagst du, »aber vielleicht sollten Sie mal mit ihr reden.«

Er leert das Glas.

»Das sollte ich wohl …«

Du leitest die Wende ein, Breuer steht auf.

»Ich sehe mal nach, wie es unserem Fang geht.«

19

Du gehst früher laufen als sonst, denn am Abend wird deine Anwesenheit erforderlich sein. Deine Struktur ist zerfallen wie eine Sandburg. Breuer wollte seine Gäste zum Essen einladen, ein Restaurant in Le Lavandou. Doch Wolff hat sich nach der Rückkehr kommentarlos in das Dead-Salmon-Zimmer zurückgezogen und bis auf Weiteres die Läden geschlossen.

Irgendwann erscheint seine Frau auf der Terrasse, ihre Finger in einem Ringkampf gefangen. Breuer telefoniert mit seiner Sekretärin, seine Frau schwimmt im Pool gegen die künstlich erzeugte Strömung an. Ihr Mann lasse ausrichten, er bestehe darauf, dass die Gastgeber und sie selbst essen gingen. Er selbst bitte darum, sich entschuldigen zu dürfen. Nach dem Zwischenfall auf der Bootstour fühle er sich indisponiert und ziehe es vor, im Bett zu bleiben. Es tue ihm leid, so viel Verwirrung gestiftet zu haben. Ein seifiger Geruch hat sich auf dem Anwesen ausgebreitet und legt sich über die Möbel. Mit jedem Tag, den die Lilien und Orchideen länger in den Vasen stehen, wird ihr Geruch stechender. Dem hat noch nie etwas leid getan, denkst du, und dass du Sephora nicht allein lassen solltest.

Das Laufen klappt ganz gut, trotz der ungewohnten Zeit. Doch du spürst Silencios Abwesenheit. Als trabe ein Vakuum neben dir her, in das du hineingreifen kannst. Auf dem Rückweg denkst du an Agueda, siehst sie vor ihrem Porträt sitzen und fragst dich, was das mit ihr macht. Sie schien nicht besonders erfreut darüber, dass Guillermos Bild plötzlich ihre Wohnung beherrschen und alles an sich reißen sollte. Es würde dich nicht wundern, denkst du, es beim nächsten Mal umgedreht vorzufinden, und dann überlegst du, wie du darauf kommst, dass es ein nächstes Mal geben wird, und dir wird klar, dass du längst hoffnungslos verloren bist.

Du stehst am Fuß der Freitreppe – in weißen Shorts und Poloshirt –, hast den Verband an deinem Arm gewechselt und hältst den beiden Frauen die Türen auf. Ralf Breuer registriert jede Geste seiner Frau. Sie ist sich dessen bewusst, kann jedoch nicht verhindern, dass ihre Hand über deinen Arm streicht, als sie in den Wagen steigt. Ein Ensemble mehrerer Stofflagen umhüllt ihren Körper. Du könntest nicht sagen, wo das Halstuch aufhört und das Kleid anfängt. Auch der gewählte Duft hat etwas Ätherisches: grasig, grün, flüchtig.

»Bis später«, sagt sie.

Es soll unverbindlich klingen, doch in Verbindung mit der Hand auf deinem Arm wird daraus ein Versprechen. Du schließt die Tür und meidest Breuers Blick.

Sephora durchstöbert die Schränke in der Küche. Auf der Ablage neben der Kochinsel steht ein eigenwillig geformtes Tablett mit zwei Aspirin-Tabletten, einer Flasche Single Malt, einem Tumbler, Eis, einem zweiten Glas und einer Karaffe mit Wasser.

»Er will etwas Süßes«, erklärt Saphora, deren Körper noch langgezogener wirkt, wenn sie die Arme über den Kopf streckt. »Etwas, das seinen Gaumen kitzelt.«

Du öffnest das Fach über dem Einbaukühlschrank – der Ort, an dem Breuer seine Süßigkeiten vor sich verbirgt – und wählst aus dem überreichen Angebot eine Tafel Bitterschokolade aus.

»Ich mach das.«

Als du an die Tür des Dead-Salmon-Zimmers klopfst, ruft Wolff von drinnen: »Nur nicht so schüchtern!«

Ein diffuser Schimmer sickert durch die Lamellen der geschlossenen Läden, aus dem Bad fällt ein Lichtstreifen ins Zimmer. Der Geruch schnürt dir die Kehle zu. Die Decke ist zurückgeschlagen, das Bett leer. Du stellst das Tablett auf der Kommode ab.

Die Badezimmertür öffnet sich. Wolff hat sich ein Handtuch um den Hals gelegt, ansonsten ist er nackt. Er hat dicke Beine und dicke Knöchel, seine Haut erinnert an Quark. Alles an ihm wirkt geschwollen. Sein Schwanz ist riesig und springt unter seinem Bauch hervor.

»Nicht zu glauben«, sagt er, als er sich nicht Sephora, sondern dir gegenübersieht. »Penetranter als Scheiße am Schuh.«

»Ich hab Ihnen das Tablett dahin gestellt«, sagst du. »Ist sonst noch etwas?«

»Allerdings.« Er stemmt die Hände in die Hüften, schiebt das Becken vor. »Schick endlich die kleine Schwarze zu mir.«

»Nein«, erwiderst du.

»Nein? Du machst Witze.«

»Ich habe Sephora für den Abend freigegeben.«

»Lächerlich. Du hast hier niemandem irgendwas zu geben.« Wolff setzt sich auf die Bettkante, spreizt die Beine. »Du hättest mich am liebsten absaufen lassen.« Er formuliert es nicht einmal als Frage.

»Ich habe Sie gerettet.«

»Weil dir der Mut gefehlt hat.« Sein Torso bläht sich. »Du warst zu feige, konntest den Anblick nicht ertragen. Jeder von euch hätte mich am liebsten absaufen sehen – ausgenommen meine Frau, aber die weiß es eben nicht besser. Und jetzt: Sitze ich hier!« Er schlägt sich auf die Schenkel. »Schickst du sie zu mir, oder muss ich sie mir holen?«

Dein Arm juckt. Das Salzwasser. Du streichst über den frischen Verband.

»Warum?«

»Du fragst nach dem ›Warum‹?«

Du weichst in den Rahmen zurück. Wolffs Nacktheit drängt dich aus dem Raum.

»Ich verstehe Machtgier«, sagst du. »Aber was Sie machen, verstehe ich nicht.«

Er beugt sich vor, sein Bauch wölbt sich.

»Du glaubst wohl, du kannst mich verarschen, Bürschchen. Aber ich habe dich längst erkannt, und ich sage dir eins: Dich mach ich fertig. Verlass dich drauf. Ich mach euch alle fertig. Du willst wissen, warum? Ich sag dir warum: Weil ich es kann!«

Du spürst ein vertrautes Ziehen im Nacken, betastest deine Fingerkuppen. Es fühlt sich an wie eine letzte Warnung.

»Sie sind sich selbst ein Rätsel, oder?«

Darauf hat er keine Antwort.

Du schließt die Tür.

Die Frequenz ist beinahe zu hoch, um sie zu hören. Wie von einer Hundepfeife. Im ersten Moment denkst du, der Ton stecke *in* deinem Ohr, Tinnitus, stressbedingt. Du hast davon gelesen. Doch je nachdem, wie du den Kopf wendest, vernimmst du ihn auf dem einen Ohr deutlicher als auf dem anderen. Er kommt von außen.

Du richtest dich auf. Dein Smartphone liegt auf der Sofalehne. Du kannst dich nicht erinnern, es dort abgelegt zu haben. *Sonntag, 23:34.* So weit alles in Ordnung.

Du klopfst an die Schlafzimmertür.

»Sephora?«

Sie kommt zur Tür, der Schlüssel wird gedreht. Ihr Kopf erscheint, der rosa Pyjama. Sie könnte Hochspringerin werden, denkst du. Alles an ihr strebt nach oben. Das sirrende Geräusch setzt kurz aus, dann ist es wieder da.

»Hörst du das?«

Sie schiebt ihr Ohr in den Türspalt.

»Ja.«

»Bleib hier, ich gehe nachsehen.«

Sobald du auf die Terrasse trittst, ist es eindeutig: Das Geräusch kommt von oben, aus Richtung des Gästehauses. Die Gegenstromanlage ist ebenfalls in Betrieb. Neben dir taucht Sephora auf, Flip-Flops an den Füßen.

»Ich komme mit.«

Ihr geht den gewundenen Weg zwischen den Oleanderbüschen entlang. Das Geräusch wird lauter. Du öffnest die Pforte, und dann siehst du Frau Wolff am Beckenrand stehen, das Gesicht in einen wechselnden Lichtschein getaucht. Sie produziert einen Ton, wie du ihn noch nie gehört hast. Dabei hält sie ihren Oberkörper mit den Armen umschlungen. Statt ihrer Augen sind nur tiefe Schatten zu sehen.

Im Wasser vor ihr treibt, bäuchlings und umwölkt vom Bademantel, ihr Mann. Sein Haar umgibt den Hinterkopf wie ein Strahlenkranz, der abwechselnd in Rosa, Violett und Grün leuchtet. Die Gegenstromanlage lässt ihn langsame Kreise ziehen. Die Flügel des Frottiermantels haben sich gelöst und bewegen sich wie träge Flossen. Sie sind das Einzige an ihm, das sich bewegt.

»Heilige Scheiße!«

Breuer ist vom Haupthaus herübergekommen, seine Frau folgt in kurzem Abstand, ihre Hüfte von einem seidenen Négligé umspielt.

»Oh mein Gott«, sagt sie, und dann noch mehrmals hintereinander: »Oh mein Gott, oh mein Gott, oh mein Gott, oh mein Gott.« Und dann, die Hände über die Ohren gestülpt: »Um Himmels willen! Hören Sie auf!«

Frau Wolff verstummt.

Sephora neben dir wendet sich ab.

Du kniest dich ans Kopfende des Pools, greifst ins Wasser und stellst die Gegenstromanlage aus. Die Poolbeleuchtung erlischt. Es wird sehr still, als hätte jemand den Ton abgedreht. Wolffs Umrisse verwischen. Ohne die Beleuchtung wirkt seine Leiche wie eine Riesenqualle.

Frau Breuer nimmt die Hände von den Ohren.

»Was machen wir denn jetzt?«

Ihr Mann wirft dir über den Pool hinweg einen Blick zu.

»Wir können ihn schlecht da drin lassen.«

Du steigst ins Wasser.

Tot kommt Wolff dir noch schwerer vor als lebend. Es dauert Minuten, ehe Breuer und du ihn aus dem Pool gewuchtet und auf die Sandsteinumrandung gewälzt habt. Unter einer Bademantelseite lugt sein lebloser Schwanz hervor. Sein Gesicht wirkt auf sonderbare Weise entspannt, beinahe heiter. Wasser tropft von deinem Verband. Zwei Mal am selben Tag hast du denselben Mann aus dem Wasser gezogen. Der Satz aus dem Buch von damals kommt dir in den Sinn: *Wer je behauptet, unmögliche Dinge könne man nicht glauben, tut das aus Mangel an Erfahrung.*

»Ich rufe die Polizei.« Breuer wendet sich ab und geht zurück zum Haupthaus. Seine Schritte verhallen in der Dunkelheit.

Sehr langsam setzt sich Frau Wolff auf die Liege, die ihr Mann an den Pool gerückt hatte, ganz vorne auf die Kante. Als dürfe sie mehr nicht beanspruchen. Auf dem Beistelltisch neben ihr steht das Tablett mit dem Whiskey und der Karaffe. Du meinst, eine weiße Schachtel zu sehen.

Frau Breuer blickt am Toten vorbei ins Becken. Ihr Négligé flappt in der Nachtluft. »Wie soll ich denn da je wieder drin schwimmen?«

Die Rollen der beiden Polizisten sind klar verteilt: Er redet, sie beobachtet. Sie gehören der Police judicaire an. Die Worte aus dem Mund des Mannes kommen wie mit der Maschine genäht: »Commissaire Rousseau.« Er nimmt seine Brille ab und deutet mit dem Bügel in Richtung der Kollegin. »C'est Commissaire Blanc.«

Alles an ihm sagt: »*Ich* habe hier das Sagen!« Dabei ist er bereits um die sechzig. Da könnte man sich entspannen. Doch bei manchen hört es nie auf. Er trägt graue Koteletten aus einer Zeit, die fraglos eine bessere war: schwarz und weiß, gut und böse.

Die Befragung verläuft holprig: Bis die Personalien aller Anwesenden aufgenommen sind, vergeht eine halbe Stunde. Dein Französisch ist nicht besonders, aber immer noch besser als das der anderen. Du vermittelst, so gut es geht. Ihr habt euch ins große Wohnzimmer des Haupthauses zurückgezogen. Am Pool sind Männer mit Handschuhen, die die Leiche fotografieren, sie anschließend in einen Sack stecken und den Reißverschluss zuziehen. Blitzlichter zucken über das Anwesen. Herr Breuer hat Getränke angeboten, alle haben abgelehnt.

Die Schachtel, die du auf dem Tablett gesehen hast, enthielt Schlaftabletten. Tavor. Verschreibungspflichtig. Nach Aussage von Frau Wolff nahm ihr Mann gelegentlich eine davon – wenn er einen aufwühlenden Tag hatte und nicht einschlafen konnte. Heute Abend scheint ihm die eine nicht gereicht zu haben. Vier Tabletten wurden aus dem Blister gedrückt. Möglich, dass schon vorher welche fehlten, möglich aber auch, dass Wolff zwei oder drei oder gar alle vier geschluckt hat. Nach dem Zwischenfall am Nachmittag schien er sehr aufgewühlt zu sein.

Commissaire Rousseau reibt sich mit dem Ringfinger über den Nasenrücken, anschließend präsentiert er das Ergebnis seiner Überlegungen. Offenbar ist Folgendes passiert: Das Ehepaar Breuer ist mit Frau Wolff nach Le Lavandou zum Essen gefahren. Unterdessen hat sich Herr Wolff an den Pool gelegt, Whiskey getrunken und Schlaftabletten genommen, von beidem augenscheinlich mehr, als gut für ihn war. Bis er merkte, dass der Cocktail seine Wirkung entfaltete, war er bereits so benebelt, dass er beim Versuch, ins Bett zu gehen, in den Pool gefallen ist und die Kontrolle verloren hat.

Der Commissaire sieht dich über das Glas seiner randlosen Brille hinweg an.

»Wie tief ist dieser Pool?«

»Ein Meter zwanzig.«

Seine Kollegin und er wechseln einen Blick. Alle im Raum denken dasselbe. Monsieur Rousseau spricht es aus:

»Man muss sich ja ganz schön anstrengen, um da drin zu ertrinken.«

Er scheint eine Antwort zu erwarten, von dir.

»Er konnte nicht schwimmen«, sagst du.

»Stehen können hätte bereits genügt. Oder war er unter eins zwanzig groß?«

Niemand setzt zu einer Erwiderung an.

Er fragt: »Und zum Zeitpunkt des Ertrinkens waren als Einziger Sie auf dem Grundstück?«

»Vermutlich. Und Sephora.«

»Und wo genau auf dem Grundstück haben Sie sich zu besagtem Zeitpunkt aufgehalten?«

»Das hängt von besagtem Zeitpunkt ab.«

Er blickt seine Kollegin an, die zum ersten Mal das Wort ergreift: »Gegen dreiundzwanzig Uhr.«

»Dreiundzwanzig Uhr«, wiederholt er, »plus/minus zwanzig Minuten.«

»Im Bungalow«, sagst du. »Sephora und ich. Sie schläft bei mir im Bungalow – da drüben.« Du deutest in die Nacht hinaus. »Von der Terrasse aus können Sie ihn sehen.«

»Und Sie haben nichts Ungewöhnliches gesehen oder gehört?«

Du gibst die Frage an Sephora weiter, die den Kopf schüttelt.

»I went to bed around ten«, sagt sie.

»Da haben wir beide bereits geschlafen«, erklärst du.

Die Tür zum Haupthaus steht offen. Dennoch klopft jemand dagegen. Einer der behandschuhten Männer steht im Foyer. Commissaire Blanc geht zu ihm, einige Sätze werden gewechselt. Als sie ins Wohnzimmer zurückkommt, trägt sie einen durchsichtigen Plastikbeutel bei sich, den sie gegen das Licht hält. Darin befindet sich ein Whiskey-Tumbler. Sie betrachtet ihn eingehend, hält den Beutel so, dass sie von unten durch den Glasboden sieht.

»Bleibt die Frage zu klären«, sagt sie, »warum er die Tabletten in Whiskey aufgelöst hat, bevor er sie zu sich nahm.«

Es klopft erneut. Ein weiterer Mann erscheint im Foyer, entschuldigt sich. »Wir brauchen Tragehilfe«, sagt er. »Zu zweit bekommen wir den nicht die Stufen hinunter.«

Der Commissaire scheint keine weiteren Fragen zu haben. Dass ein erwachsener Mann in einem stinknormalen Pool ertrunken sein soll, schmeckt ihm nicht. Andererseits …

»Eins zwanzig …«

Er steigt zu seiner Kollegin in den Wagen. Türen werden geschlossen, dann rollt eine Prozession aus drei Fahrzeugen die Auffahrt hinunter, der Wagen mit dem Toten voraus. Die Männer mit den Handschuhen rangieren umständlich auf dem Vorplatz herum, bis ihr Kleinbus schließlich in Fahrtrichtung zeigt. Während dieser Zeit lässt dich die Polizistin keinen Moment aus den Augen. Dann hat die Prozession das Anwesen verlassen, du aktivierst die App und schließt das Tor. *Montag, 01:29.*

Herr Breuer legt den Arm um seine Frau und steigt mit ihr die Freitreppe hinauf. Eine der Stufenbeleuchtungen ist wieder ausgefallen. Du wirst in den kommenden Tagen die Birne auswechseln und die Kontakte überprüfen.

»Darf ich heute noch mal bei dir im Bungalow schlafen?«, fragt Sephora leise.

»Natürlich.«

Die Breuers sind im Haupthaus verschwunden. Du gehst zu Frau Wolff, die im Schein der Treppenbeleuchtung neben einer Standvase mit halb verwelkten Orchideen steht und nicht zu wissen scheint, was sie jetzt machen soll.

»Kommen Sie«, sprichst du sie an, »ich bring Sie auf Ihr Zimmer.«

Sie schüttelt den Kopf wie ein störrisches Kind, und als du ihren Arm nehmen willst, zieht sie ihn weg.

Am Bungalow angekommen, drehst du dich noch einmal um. Frau Wolff steht unverändert, reglos, den Blick zur Auffahrt gerichtet. Etwas Vergloreneres hast du noch nie gesehen.

20

Du erwachst mit den Vögeln. 05:46 Uhr. Dein Arm juckt, du meinst, jeden der eingeritzten Buchstaben einzeln zu spüren. Silencio ist nicht da, natürlich nicht. Er ist bei Agueda. Es ist Montag. Der Tag vor dem Dienstag.

Du stehst auf, wechselst den Verband, betastest die Erhebungen. Es wird verheilen, die Schrift aber wird bleiben. Ein bisschen was bleibt immer, wie der Tierarzt gesagt hat. Lautlos drückst du die Klinke der Schlafzimmertür. Sephora schläft auf dem Rücken liegend, ein Arm über dem Kopf. Ihre Füße mit den helleren Sohlen ragen unter der Bettdecke hervor.

Du überlegst, ob du sie so allein lassen kannst, und erst jetzt kommt dir die vergangene Nacht in den Sinn: Wolff, wie er mit leuchtendem Strahlenkranz im Pool trieb, und wie du geholfen hast, ihn die Freitreppe hinunterzutragen. Noch immer spürst du das Gewicht der Griffe in den Händen.

Als du auf die Veranda und unter dem Segel hervortrittst, bemerkst du zwei bläuliche Kreise – Reflektionen des ersten Tageslichts –, die dich von der Terrasse des Haupthauses herab beobachten. 06:04 Uhr. Frau Breuer hebt einen Arm und winkt zaghaft, und weil du zwar zu ihr aufsiehst, aber keinerlei Regung zeigst, lässt sie kurz darauf erst ihren Arm und anschließend das Fernglas sinken. Du drehst ihr den Rücken zu, verschwindest hinter dem Feigenbaum, gehst die Stufen zur Einfahrt hinunter. Frau Wolff scheint sich vergangene Nacht noch einen anderen Ort gesucht zu haben, jedenfalls steht sie nicht länger am Fuß der Freitreppe. Die Kelche der Blumen hängen tiefer denn je. Du lässt das Rolltor zur Seite gleiten.

Die Cafés und Strandbars liegen noch im Tiefschlaf. Ein einzelner Schwimmer krault an den Bojen vorbei in die Bucht hinaus. Bald kannst du seinen Kopf nicht mehr erkennen. Vereinzelte Boote dümpeln träge auf dem Wasser, hin und wieder klatscht eine Welle gegen einen Rumpf. Der Sand ist kühl und feucht, drückt sich wie Teig zwischen deine Zehen. Langsam erhebt sich die Île du Levant aus dem Dunst.

Du denkst an Frau Breuer oben in der Villa, ihr Verlangen, gesehen zu werden. An ihren Mann, der gerne sein Leben loswerden würde und nicht weiß, wie. Zu Hause wird er sehr bald mit den Forderungen des nächsten Gemeinderatsvorsitzenden konfrontiert werden, und dann geht alles von vorne los. An Frau Wolff, die nach dem Tod ihres Mannes nichts mehr mit sich anzufangen weiß. Eine herrenlose Hündin. Du bist müde, willst, dass es vorbei ist.

Baguette-Geruch weht dich an. Zwei Jetski pflügen durch die Bucht wie zornige Insekten. Du siehst den Kopf des Schwimmers, ein Punkt nur, wieder größer werden. 07:47 Uhr ist es, als er aus dem Wasser steigt. Er ist jenseits der siebzig.

»Bonjour«, sagt er und reibt sich die Haare trocken. Du hast den Mann noch nie gesehen.

»Bonjour«, erwiderst du.

Er blickt in einen trüben Himmel.

»L'automne est à venir«, sagt er. Wird Herbst.

Der Morgen ist angebrochen, die Laterne erloschen. Das Taxi jedoch hat noch die Scheinwerfer eingeschaltet. Als du die letzte Kehre erreichst, steht es vor dem Tor der Jacks. Trinity hat sich einen Kombi bestellt, dennoch hat der Fahrer Mühe, all ihre

Koffer zu verstauen. Sie trägt ein Strickkleid, das nach 70er-Jahre-Saint-Tropez-Beachparty aussieht, steht – Standbein, Spielbein – neben der geöffneten Heckklappe und sieht dem Fahrer beim Arbeiten zu. Als sie dich bemerkt, wiegt sie ihre Hüften, und der Schuh ihres Spielbeins kippt zur Innenseite.

»Ich fahre ab«, erklärt sie. I'm leaving.

»Ah.«

»Genau – ›ah‹. Paris.«

»Zurück auf die Schauspielschule.«

»Zurück auf die Schauspielschule«, bestätigt sie.

Der Fahrer hat die Koffer verstaut, die Klappe schließt automatisch.

»Ich hoffe, du bist zufrieden«, sagt Trinity.

Da du nicht weißt, was sie meint, fragst du: »Womit?«

»Dass ich zurückgehe – studieren. Das war es doch, was du wolltest.«

Sie benutzt das Wort »Message«. Your message.

Du hast keine Message, jedenfalls weißt du von keiner. Jeder hier scheint nur das in dir zu sehen, was er in dich hineinprojiziert. Als seist du ein leerer Kinosaal und jeder dürfe seinen Wunschfilm einlegen.

»Alles Gute«, sagst du.

Der Fahrer ist eingestiegen, lässt den Motor an. Eine Dieselwolke breitet sich aus und hängt noch einige Zeit in der Luft.

Trinity legt ihren Kopf schief und pikt sich ihren Zeigefingernagel in die Unterlippe.

»Willst du mitkommen?« Wanna come? »Die Wohnung ist groß genug.«

»Nein, danke.«

Sie verzieht einen Mundwinkel: »War sowieso nur ein Scherz.«

»Natürlich.«

Sie steigt ein und schlägt die Tür zu. Sie ist wütend auf dich. Kann nur sehen, was sie in dich hineinprojiziert. Und im Moment braucht sie jemanden, auf den sie wütend sein kann. Dabei hast du ihre Freunde nicht ausgewählt. Der Wagen stößt eine weitere Rußwolke aus. Die Rücklichter verschwinden hinter der Spitzkehre. Du hörst das Taxi die Serpentine hinunterfahren, die Motorbremse vor jeder Kehre. Die Rußwolke wird unsichtbar, als Letztes löst sich ihr Geruch auf.

Als das Tor des Breuer-Anwesens zur Seite rollt, steht ein blau-weißer Peugeot der Gendarmerie vor der Freitreppe. 2094 ZX 83. Der Wagen, in dem letzte Nacht Commissaire Rousseau und seine Kollegin saßen. Etwas sagt dir, dass du der Grund dafür bist.

Du steigst die Freitreppe hinauf. Hinter den Küchenfenstern bewegt sich etwas. Madame Tsuji bereitet das Frühstück zu.

»Guten Morgen«, begrüßt du sie.

»Guten Morgen«, erwidert sie. Guut Moinin. Worte wie ein Militärhaarschnitt.

Du erkundigst dich, ob sie etwas braucht, und sie lässt durchblicken, dass du zu spät kommst, um jetzt noch danach zu fragen.

Auf der Außenterrasse ist es zu ungemütlich. Ein feuchter Wind fegt den Hügel herauf. Sephora hat den Tisch im Innenhof eingedeckt. Der Brunnen plätschert, das Silber glänzt. Es riecht nach Kaffee, Spiegelei und Toast.

»Nino!« Bettina Breuer springt beinahe von ihrem Stuhl auf. »Da bist du ja endlich. Wir dachten schon, du bist … sonst wo!«

Du siehst Gläser mit frisch gepresstem Orangensaft, und dass sich das Gelb von ihrem Spiegelei exakt in der Mitte befindet. Ein Ei als Zielscheibe. Frau Wolff hat es offenbar vorgezogen, auf dem Zimmer zu bleiben.

»Gut, dass Sie da sind.« Herr Breuer faltet seine Serviette und legt sie neben den Teller. »Madame Blanc hat offenbar noch ein paar Fragen an Sie.«

Mit am Tisch sitzt die Polizistin, eine Tasse Kaffee vor sich. Sie ist allein gekommen. Manches an ihr ist dir letzte Nacht nicht aufgefallen, weil ihr Kollege so viel Raum eingenommen hat. Zum Beispiel, dass ihr Gesicht nur deshalb streng wirkt, weil sie diese energische Brille trägt. Ihre Wangen dagegen sind weich. Die Finger, mit denen sie die Tasse anhebt, gehören Kinderhänden. Keine Ringe. Ihre Haare sind rötlich gefärbt. Sie mag nicht morgens in den Spiegel gucken und dieses Grau erblicken, den Abstieg. Um den Mund hat sie einen Zug, der dir sagt, dass ihr Leben einfacher sein könnte.

»Bonjour«, sagt sie.

Du kennst diesen Blick. Den Therapeutenblick. Eine Zeit lang bist du regelmäßig so angesehen worden – auf Deutungssuche, ein Experiment. Du willst dieses Gespräch nicht.

»Bonjour«, erwiderst du.

»Können wir reingehen?«, fragt sie.

Du blickst Herrn Breuer an.

»Sicher«, sagt der.

Ihr setzt euch einander gegenüber. Hinter Madame Blanc steht der verhüllte Flügel. Sie sieht dich eine Weile lang an, ehe sie das Wort an dich richtet.

»Sie haben uns etwas verschwiegen.«

Du versuchst, dich an die Fragen von letzter Nacht zu erinnern, deine Antworten. Der Ton von Frau Wolff klebt dir im Ohr, die Sirene.

Du erwiderst ihren Blick, stellst dich dem professionellen Argwohn. Therapeutenscheiße, denkst du. Psychokacke. Worte, die du seit Jahren nicht gedacht hast.

Sie verschränkt ihre Kinderfinger wie zum Gebet, lehnt

sich vor. »Sie haben uns verschwiegen, dass Sie den Toten kannten.«

Du hast es wirklich nicht gewusst – dass Wolff dein Onkel war. Der Bruder deiner Mutter. Dein Gehirn hat dir den Zugriff verweigert. Selbst jetzt noch.

»Der Geruch …«

Du sagst es auf Deutsch, weshalb die Polizistin fragt: »Comment?«

»Er hat komisch gerochen«, erklärst du auf Französisch.

Wieder dieser Blick. Deine Abwehrreaktion ist physisch. Der Geruch des Spiegeleis, der von draußen hereinzieht, der Kaffee – es dreht dir den Magen um.

»Sie erinnern sich nicht an ihn.«

Du schüttelst den Kopf.

Sie legt die Hände auf die Oberschenkel, spreizt ihre Kinderfinger. Sie trägt keinen Ring, doch sie trug mal einen. Ihr Finger hat sich nie ganz davon erholt.

»Dass Sie sich nicht erinnern können – hat das mit Ihrer Krankheit zu tun, dieser …«

»Ich habe keine Krankheit.«

Sie sieht von ihren Fingern auf. »Doch, haben Sie. Sie leiden unter einer …« Sie zieht ein mehrfach gefaltetes DIN-A4-Blatt aus ihrem dunkelblauen Jackett und entfaltet es. Handgeschriebene Notizen, Punkte, Unterpunkte. Sie liest die englische Bezeichnung ab: »… Dissociative identity disorder.«

300.14. Deine Nummer. Kommt alles zurück.

»Es ist keine Krankheit«, erwiderst du, »und es liegt lange zurück.«

»Als was würden Sie es bezeichnen?«

»Nicht als Krankheit.«

»Und was meinen Sie mit ›es liegt lange zurück‹?«

»Vier Jahre.«

»Seit Sie hier gemeldet sind also.«

Jetzt weißt du, warum sie so müde aussieht. Sie saß die ganze Nacht am Rechner oder hing am Telefon, hat Erkundigungen über dich eingeholt, deutsche Stellen kontaktiert. Hat ihr keine Ruhe gelassen.

»Ihr Kollege«, fragst du, »weiß der, wo Sie gerade sind?«

»Ich bin ihm keine Rechenschaft schuldig.«

»Wenn das hier keine offizielle Befragung ist – weshalb sind Sie dann überhaupt hier?«

»Ist doch ein eigenartiger Zufall, finden Sie nicht? Dass es ausgerechnet Ihr Onkel war, der in den Pool gefallen und darin ertrunken ist.«

Zufall. Es ist so, weil es so sein soll, denkst du, wiederholst es im Geiste wie ein Mantra: Es ist so, weil es so sein soll. Du denkst an die Worte von Herrn Breuer: Als hätte ihn jemand herlocken wollen.

»Bevor Sie achtzehn waren, haben Sie zwei Jahre lang keinen festen Wohnsitz gehabt.«

Du entgegnest: »Sie hatten eine kurze Nacht, oder?«

Sie blickt auf den Zettel in ihrem Schoß.

»Das war, nachdem Ihre Mutter gestorben war.«

Du sagst nichts. Bist nichts gefragt worden.

»Woran ist Ihre Mutter gestorben?«

»Alkohol.«

»Das muss hart sein – jahrelang mit einer alkoholkranken Mutter zusammenzuleben. Noch dazu, nachdem sich die eigene Schwester umgebracht hat.«

Da sind Geräusche. Jemand spricht zu dir. Doch es ist, als hieltest du den Kopf unter Wasser. Du willst dich abstützen und greifst ins Leere. Wieder spricht jemand. Die Polizistin.

»Wie bitte?«, fragst du.

»Sie waren es, der sie gefunden hat, nicht wahr? Ihre Schwester, damals.«

Ein Gefühl, als würden sich die Wände in deinem Kopf verschieben. Du siehst dich, wie du ein Seil in der Hand hältst, rau und spröde. Ein Springseil. Der Holzgriff am Ende ist um ein Heizungsrohr geschlungen und hat zwei farbige Ringe, einen roten und einen blauen.

»Was?«, fragst du.

»Ich sagte: Hätten Sie etwas dagegen, wenn ich mir Ihren Bungalow ansehe?«

Aus einem Grund, der dir unklar ist, geht ihr zu viert. Du, Madame Blanc, Herr und Frau Breuer. Du setzt die Schritte, als seien deine Füße betäubt. Als würdest du im Dunkeln eine Treppe hinaufsteigen und nicht wissen, welche die letzte Stufe ist.

»Was ist eigentlich mit Ihrem Arm passiert?«, fragt die Polizistin.

Du spürst die eingeritzten Buchstaben.

»Ich bin gestolpert und hatte eine Schale mit Milchreis in der Hand.«

»Passiert Ihnen so etwas häufiger?«

»War das erste Mal.«

Ihr erreicht die Veranda, die Bohlen klingen hohl unter deinen Tritten. Als du die Tür zur Seite schiebst, fällt es dir ein: Lolas Schrankteil. Du hast keine Ahnung, was sie darin verwahrt. Weißt nicht einmal, wo der Schlüssel ist.

»Ist das Blut?«

Die Polizistin steht vor der Couch und sieht dich an. Herr Breuer und seine Frau ebenfalls. Nur du nicht. Bist in der Tür stehen geblieben, als wolltest du dir eine Fluchtoption offenhalten.

»Ja«, sagst du, »von meinem Arm.«

»Sie sind auf dem Sofa gestolpert?«

»Nein, davor.«

Sie betrachtet den Schatten, der von der Lache auf den Fliesen geblieben ist. Anschließend tastet sie die Ritzen ab, zieht die Sitzkissen heraus, kniet sich hin. Als sie sich wieder aufrichtet, baumeln die goldenen Slipper von Frau Breuer an ihrem Zeige- und Mittelfinger. Ohne sie anzufassen, besieht sie sich die Unterseiten.

»Die gehören nicht dem Zimmermädchen, nehme ich an.«

»Ups!« Bettina Breuer pflückt sie von den Fingern der Polizistin. »Wie kommen die denn hierher? Ich hab die schon gesucht!«

Madame Blanc rückt ihre Brille zurecht und blickt zwischen Frau Breuer, dir und Herrn Breuer hin und her. Der starrt seine Frau an, die ein Gesicht macht, das so aussehen soll, als könne sie sich nicht erklären, wie ihre Sandalen unter dein Sofa gekommen sind.

»Ich würde mir gerne Ihr Schlafzimmer ansehen«, sagt Madame Blanc.

Du machst es wie beim Betreten des Bungalows: bleibst in der Tür stehen. Die Polizistin beugt sich über dein Bett, hebt eine Ecke der Matratze an, riecht am Laken. Sie öffnet deinen Nachttisch. Die Schublade schiebt sie heraus, indem sie von unten einen Finger gegen den Boden drückt und zu sich heranzieht. Du blickst zum Schrank hinüber.

»Was ist das?«

Die Flasche Haloperidol klemmt zwischen ihrem Daumen und ihrem Zeigefinger. Du weißt nicht, was Neuroleptikum auf Französisch heißt, also sagst du: »Das macht, dass bestimmte Prozesse im Gehirn unterdrückt werden.«

Sie studiert das Etikett.

»Wie nimmt man das zu sich?«

»Indem man es sich spritzt.«

»Sagten Sie nicht, Ihre« – erneut zieht sie ihre Aufzeichnungen zu Rate – »dissociative identity disorder sei lange vorbei?«

»Ich habe es nie benutzt.«

Therapeutenblick.

»Auf dem Ring steht das Ablaufdatum«, sagst du.

Sie findet die richtige Entfernung zu ihrer Brille, liest es. »Wenn Sie das Medikament nicht brauchen – wozu ha…?«

»Als Erinnerung«, unterbrichst du sie.

»Als Erinnerung?«

»Sie tragen Ihren Ehering ja auch nicht mehr. Aber zu sehen ist er immer noch.«

Sie vermeidet den Blick auf ihre Hand.

»Was wollen Sie mir denn damit sagen?«

»Was ist passiert – mit Ihnen und Ihrem Mann? Weshalb haben Sie sich getrennt?«

»Ich glaube nicht, dass Sie …«

»Haben Sie Kinder, einen Sohn vielleicht? Muss hart gewesen sein – einen Sohn großzuziehen. Ohne Vater.«

»Das geht Sie wirklich nichts an.«

»Genauso wenig, wie Sie das Medikament in meinem Nachttisch etwas angeht.«

Du findest, langsam könnte sie wirklich aufhören, dich so anzusehen.

Als hätte sie deine Gedanken gehört, stellt sie das Fläschchen an seinen Platz und schiebt mit dem Knöchel ihres abgeknickten Zeigefingers die Schublade zu. Du verfolgst, wie sie vor den Kleiderschrank tritt, die erste Tür öffnet. T-Shirts, Unterhosen, Socken, Laufshorts. Sie sieht sich alles an, berührt jedoch nichts. Die zweite Tür: Schuhe, Anzug, Hemden. Du hast keine Ahnung, was du ihr sagen wirst, wenn sie dich fragt, warum die dritte Tür verschlossen ist.

»Ich weiß n...«, setzt du an und schneidest dir selbst das Wort ab, als du siehst, wie sie mühelos die Tür öffnet. Du kannst nicht sehen, was sie sieht, bemerkst aber, dass sie unwillkürlich ihren Kopf zurückzieht.

Über den Rand ihrer Brille hinweg wirft sie dir einen Blick zu.

»Ist Ihnen da drin eine Flasche Parfum ausgelaufen?«, fragt sie, und jetzt riechst auch du es: Lolas Parfum.

Du bist nicht in der Lage zu antworten.

Sie schließt die Tür, geht an dir vorbei aus dem Raum. Das Badezimmer wird geöffnet und kurz darauf wieder verschlossen. Schritte. Du folgst den anderen in die Wohnküche. Die Polizistin sagt noch etwas, aber es interessiert dich nicht. Du willst nur noch, dass sie gehen, alle. Du siehst sie auf der Terrasse stehen: Herrn Breuer, der mit der Polizistin spricht, seine Frau, die ihre Sandalen hinter dem Rücken verbirgt, als könnte sie sie auf diese Weise unsichtbar machen.

Plötzlich steht die Kommissarin doch wieder vor dir, weniger als eine Armlänge entfernt. Verwundet sieht sie aus, als hättest du ihr einen Pfeil in die Ferse geschossen, schleichendes Gift in den Adern. Herr und Frau Breuer stehen auf der Veranda und betrachten euch durch die Scheibe.

»Sie bleiben bitte in den kommenden Tagen erreichbar.« Die Kommissarin formuliert es als Bitte, doch es klingt wie ein Befehl. »Falls ich noch Gesprächsbedarf haben sollte.«

Ralf Breuer begleitet Commissaire Blanc über die Rasenfläche zur Freitreppe, bringt sie zu ihrem Auto. Seine Frau schlägt den Weg zum Pool ein. Sobald alle die Veranda verlassen haben, ziehst du die Tür zu, verriegelst sie und gehst ins Schlafzimmer.

Lolas Schrankteil ist leer. Lediglich der Duft ihres Parfums hängt noch zwischen den Wänden. Ausgeflogen. Du hörst, wie gegen die Scheibe der Terrassentür geklopft wird. Du willst, dass das aufhört! Zurück in der Wohnküche, siehst du Frau Breuer auf der anderen Seite stehen, ihre Sandalen von der Hand herabhängend.

»Nino!«

Das Glas dämpft ihre Stimme. Du trittst an die Tür, schüttelst den Kopf.

»Nino!« Ihre Handflächen drücken sich gegen die Scheibe. »Wir können so nicht weitermachen!«

Du meinst zu hören, wie unten das Rolltor geöffnet wird und der Wagen der Gendarmerie das Anwesen verlässt.

»Nein«, sagst du.

Sie liest es von deinen Lippen ab.

»Mach auf, Nino! Bitte!«

Du schüttelst den Kopf.

21

Auf der Fahrt zum Flughafen wird wenig gesprochen. Streng genommen gar nicht. Ralf Breuer sitzt mit dir vorne, die Frauen belegen die Rückbank. Auch er würde lieber hinten sitzen, doch die beiden Frauen sind ihm gerade unerträglich. Es gibt keinen Grund, länger zu bleiben, also hat er seine Sekretärin die nächsten Flüge buchen lassen.

»Kümmern Sie sich um das Gepäck von Frau Wolff«, sagt er beim Aussteigen. »Wir nehmen unsere Koffer selbst.«

Frau Wolff ist noch immer nicht in der Lage, etwas ohne Anweisung auszuführen, egal was.

»Da lang«, du deutest zur Abflughalle. »Gehen Sie da lang.«

Breuers Flug startet als Erster.

»Wir reden ein andermal«, sagt er.

Sollte dich nicht wundern, wenn damit gemeint ist, dass du nächste Woche deine Kündigung im Kasten hast.

Seine Frau will dir noch etwas sagen, sucht nach einer Geste, steckt fest.

»Bettina!«, ruft er.

Schließlich folgt sie ihm, ohne Verabschiedung und ohne Geste.

Während du mit Frau Wolff in der Schlange stehst, ist sie zwei Mal im Begriff zu kollabieren. Einmal schlägt sie nur deshalb nicht der Länge nach hin, weil du im letzten Moment ihren Sturz abfängst. Sie ist leicht, du könntest sie wie ein Kind auf den Armen tragen.

»Trinken Sie etwas«, schlägst du vor.

Sie schüttelt den Kopf.

Dann seid ihr an der Reihe.

»Ihren Ausweis«, sagst du. Du bist nicht einmal sicher, ob sie weiß, wer vor ihr steht. »Ich brauche Ihren Ausweis!«

Sie zieht ein Portemonnaie aus der Handtasche und reicht es dir. Du checkst sie ein, legst erst ihren, dann den Koffer ihres Mannes aufs Band.

Du schiebst sie in Richtung des Boarding-Bereichs, reihst sie in die richtige Schlange ein.

»Sie gehen jetzt da durch!«

Bereits letzte Nacht, am Fuß der Freitreppe, erschien sie dir aus der Entfernung statuenhaft, mythologisch: Für alle Zeit erstarrt in dem Moment, da sie ihr eigenes Schicksal erkennt. Manchen Menschen jagt nichts mehr Angst ein als die eigene Freiheit. Sie könnte versuchen, allein einen Weg zu finden. Wahrscheinlicher ist, dass ein anderer sie erkennen wird, ihren Wunsch nach Unterwerfung, sie an die Leine bindet und hinter sich herzieht. Du verlässt die Halle.

Als dir vor dem Kreisverkehr in La Croix-Valmer das Schild mit der Aufschrift Ramatuelle entgegenkommt, ist dein erster Impuls, abzubiegen und zu Agueda zu fahren, dich in ihr Bett zu legen, in dem Zimmer mit den schmalen Fenstern – du mochtest den Geruch –, und zu schlafen. Mit Agueda im Nebenraum. Oder im selben. Vielleicht ginge sogar das. Mit ihr wäre vieles möglich. Dann ist das Schild vorbeigezogen.

Sephora und Madame Tsuji warten vor dem Tor darauf, abgeholt zu werden. Ein ungleicheres Paar lässt sich kaum denken. Sephora zwei Köpfe größer und mit schwarzbrauner

Haut, die blässliche Madame Tsuji mit ihrem Alukoffer voller Messer, der eine Art Weiterführung ihrer Persönlichkeit ist.

Die Betten seien abgezogen, die Küche geräumt, erklärt sie. Es sollte nichts zu beanstanden sein.

»Ich bin sicher, dass alles in Ordnung ist«, sagst du.

Sie nickt und deutet eine Verbeugung an. Aber, so ist das bei Madame Tsuji: Indem sie sich vor dir verneigt, gewährt sie dir ein Privileg.

Bevor du Sephora die Hand reichen kannst, hat sie dich bereits umarmt und dir ihren Dank ins Ohr geflüstert. Du weißt nichts zu erwidern, verziehst nur den Mund und hoffst, dass sie es zu deuten weiß. Dann steht ein roter Mini mit weißem Dach neben dem Porsche, dem ein Japaner entsteigt. Monsieur Tsuji, wie du annimmst. Er wechselt drei Worte mit seiner Frau, versenkt den Teleskopgriff des Alukoffers im Gehäuse und verstaut ihn im Heck des Wagens, während sich erst Sephora auf die Rückbank faltet und anschließend Madame Tsuji auf dem Beifahrersitz Platz nimmt. Sephora winkt dir durch die Heckscheibe, als sie abfahren. Du winkst zurück.

Du passierst die Einfahrt, siehst im Rückspiegel, wie sich das Tor schließt, wartest, bis es einrastet. Wenn du jetzt den Wagen in die Garage fährst, wird die Abstandsanzeige aufleuchten, es wird piepen, in mindestens zwei Tonstufen, und allein der Gedanke daran macht es dir unmöglich. Du stellst den Wagen vor der Freitreppe ab, verriegelst die Türen, lässt den Kopf aufs Lenkrad sinken und schließt die Augen. Sie sind weg, alle. Du bist in Sicherheit.

Der Satz von Commissaire Blanc steckt in deinem Kopf fest: *Noch dazu, nachdem sich die eigene Schwester umgebracht hat.*

Wer je behauptet, unmögliche Dinge könne man nicht glauben …

Als du den Kopf vom Lenkrad löst, hat es einen roten Striemen auf deine Stirn gezeichnet. Deine Augen sind blutunterlaufen. Die Müdigkeit trieft aus deinem Gesicht.

Du steigst die Stufen zum Haupthaus hinauf, ziehst im Vorbeigehen die Lilien und Orchideen aus den Vasen, lässt sie auf die Stufen fallen. Du wirst sie zusammenkehren, später, morgen, egal. Im Haus breitest du Laken über die Möbel, schließt die Läden, drehst dem Brunnen im Hof das Wasser ab, änderst den Code der Alarmanlage. Im Nebenhaus gibt es nichts mehr für dich zu tun. Sephora hat das Zimmer der Wolffs hergerichtet, die Handtücher liegen zur Abholung bereit. Du drehst eine Runde um den Pool, ziehst weiter die Blumen aus den Vasen. Über den Sandstein scharren vertrocknete Platanenblätter. Im Versorgungsraum im Poolhaus schaltest du die Stromzufuhr aus, anschließend lässt du das Wasser ab.

Du stehst am Beckenrand und siehst dem Wasser beim Abfließen zu – Millimeter für Millimeter –, bist unfähig, etwas anderes zu tun oder etwas Konkretes zu denken. An deinen Fußspitzen vorbei krabbelt eine Spinne über die Einfassung. Eine von den großen. Da sind Kratzer im Sandstein.

Als dein Smartphone klingelt, ist der Wasserspiegel eine Handbreit gesunken, und die Schatten der Standvasen sind länger geworden.

»¡Hola!«

»Agueda«, sagst du.

Ein Aufatmen geht durch deinen Körper.

»Ich dachte, ich melde mich mal …«

Sie klingt, als stehe sie unter freiem Himmel. In einem Garten vermutlich, Hecken schneiden, Rosen pflanzen. Du hast ihr oft bei der Arbeit zugesehen. Ihre Hände bewegen sich mit der Sicherheit eines Vogels, der ein Nest baut. Sie wissen, was zu tun ist. Sobald sie etwas anfassen, scheinen sie damit in

Kontakt zu treten. Wäre Agueda Chirurgin, könnte sie Erstaunliches vollbringen. Silencio ist bei ihr.

»Vorhin«, sagst du, »da bin ich an einem Schild vorbeigekommen. In La Croix-Valmer.«

»Ein Schild – wie interessant.«

»Nach Ramatuelle. Im Kreisverkehr. Da wäre ich beinahe abgefahren.«

»Was machst du denn in La Croix-Valmer im Kreisverkehr?«

»Ich war auf dem Rückweg vom Flughafen.«

»Noch mehr Gäste?«

»Nein, ich hab sie zurückgefahren.«

»Die Gäste?«

»Alle. Abgeflogen. Bis auf einen. Der wird überführt, weil er letzte Nacht im Pool ertrunken ist.«

Sie antwortet nicht. Hat ihr die Sprache verschlagen. Was ja nicht oft passiert.

»Wie geht's dir?«, fragst du.

»Einer der Gäste ist im *Pool* ertrunken?«

Als sei der Pool das Ungewöhnliche an der Geschichte. Und vielleicht ist er das ja auch.

»Er konnte nicht schwimmen«, sagst du.

Du erzählst, was geschehen ist. Als du fertig bist, fragt Agueda, wie es dir geht. Ob du etwas brauchst. Schlaf, denkst du.

Du stehst neben dem Pool, das Smartphone in der Hand. Die Sonne ist herausgekommen, das Wasser blendet. Du schließt die Augen, spürst das Licht auf den Lidern und das Gewicht des Mobiltelefons in deiner Hand. Und dann hast du eine Eingebung.

Die Hand schützend über dem Display, probierst du unterschiedliche Funktionen aus. Beim Antippen des Kamerasymbols wird in der Galerie ein Film angezeigt – was sonderbar ist, denn du hast noch nie einen Film aufgenommen. Auf dem Standbild mit dem Play-Button in der Mitte sind nur Schemen in der Dunkelheit zu sehen, Blätter vielleicht. Die Korkeiche hinter dem Bungalow?

Kommt ja immer wieder vor: Dass man weiß, man sollte etwas nicht tun. Dass es nicht gut für einen ist. Und dann tut man es doch.

Du tippst das Symbol an.

22

Es *ist* die Korkeiche hinter dem Bungalow. Du erkennst sie, auch wenn, abgesehen von einem diffusen Streulicht, alles in Dunkelheit getaucht ist. Die Kamera wird durch die Büsche bewegt, bis ihre Perspektive auf den Weg trifft, der zwischen den Oleander- und Rhododendronbüschen zum Pool hinaufführt. Die Leuchten, die den Weg markieren, zucken durchs Bild, für Sekundenbruchteile sind die Umrisse einzelner Steinplatten zu erkennen. Du hörst jemanden atmen, das Zirpen der Zikaden, und dann, kurz bevor das Tor erreicht ist, hörst du eine Stimme flüstern, und diese Stimme macht, dass sich dir die Haut im Nacken zusammenzieht.

»Wollen wir doch mal sehen, ob unsere Behandlung schon angeschlagen hat.«

Es ist, als hättest du deine eigene Stimme auf Band aufgenommen und würdest sie mit erhöhter Geschwindigkeit abspielen. Lola. Eine Hexe.

Eine Hand kommt ins Bild. Du erkennst sie trotz des Latexhandschuhs sofort. Sie öffnet das Türchen. Einen Moment verharrt die Kamera am Tor, filmt die Terrasse, fängt Wolff ein, der jenseits des beleuchteten Pools auf der Liege liegt, zoomt ihn heran. Das Bild ist wackelig und grob gepixelt, der Bademantel aber ist zu erkennen und dass seine Augen geschlossen sind.

Langsam setzt sich die Kamera in Bewegung, schleicht den Terrassenrand entlang, hinüber zur anderen Seite, wo sie sich an der Steinmauer entlangschiebt. Von hinten nähert sie sich der Liege, bewegt sich im Kreis darum herum und bleibt dabei immer auf Wolff fokussiert. Sein Kopf liegt auf der Seite, der Mund steht offen. Ganz nah geht sie heran, du kannst sogar die Haare in seiner Nase erkennen, die Linse beschlägt.

Erneut kommt die Latex-Hand ins Bild, sticht Wolff zwei Finger in die Seite. Der rührt sich nicht. Die Finger schieben sich in sein Bauchfett, bringen es in Wallung. Wolff ist praktisch bewusstlos.

»Hätte mich auch sehr gewundert«, hörst du Lola zischeln.

Das Smartphone wird auf dem Glastisch abgestellt, die Kamera läuft weiter. Du wirst Zeuge, wie Wolff eine Schachtel in die Hand gedrückt wird und seine Fingerabdrücke auf dem Blister verteilt werden. Und dann schreckst du erneut zurück, denn dein Kopf kommt ins Bild, schiebt sich vors Kameraauge. Es ist wie mit der Stimme. Es ist dein Gesicht, doch es wirkt verändert – die Augen sind hasserfüllt, das Kinn ist spitz, die Lippen sind schmal wie ein Strich. Du erkennst dich selbst kaum wieder. Lola sieht tatsächlich so aus, wie du sie dir vorgestellt hast: eine tollwütige Füchsin.

Nachdem sie Wolffs Fingerabdrücke platziert hat, legt Lola die Schachtel neben das Smartphone auf den Glastisch. Du siehst sie mit katzenhaften Bewegungen vor die Kamera treten, die dir selbst völlig fremd sind. Neben der Liege geht sie in die Hocke, umfasst den Rahmen, eine Art Stromstoß durchfährt ihren Körper, und sie bringt die Kraft auf, die Liege mitsamt Wolff so an den Pool heranzuziehen, dass sie parallel zum Beckenrand steht. Sie wechselt die Seite, umfasst die vom Pool abgewandte Seite der Liege, die Adern treten hervor, Lola schnauft: »Gute Nacht, Arschloch!«, die Liege löst sich vom Boden, zentimeterweise hebt sie sich höher und höher – bis Wolff endlich in Bewegung gerät, von der Liege rutscht und über die Sandsteineinfassung in den Pool rollt.

Mit einem Satz springt Lola über die Liege hinweg, ist bei Wolff, über ihm, drückt seinen Kopf unter Wasser, noch ehe er begreifen kann, was ihm widerfährt.

»Und das« – durch die Poolbeleuchtung wirkt Lolas Gesicht doppelt entstellt – »behältst du schön für dich, hast du verstanden? Sonst muss ich dir wehtun. Möchtest du etwa, dass ich dir wehtue? Ja, möchtest du das?«

Wolffs Gegenwehr ist kurz. Dauert keine halbe Minute. Er schlägt nicht um sich oder schreit. Rudert nur unbeholfen mit den Armen, gurgelt, dann steigen Luftblasen auf, der Körper erschlafft, dehnt sich aus. Und schon ist es vorbei.

Du hörst, wie etwas ins Wasser fällt, und als du nach unten blickst, siehst du dein Smartphone langsam auf den Pool-Grund sinken.

Du gehst nicht erst bis zur Avenue Edouard Mac Avoy hinunter, du läufst sofort los. Schneller als sonst, viel schneller, du rennst, statt zu laufen. Bei dem Tempo wird es dich noch vor der Schranke zerlegen. Doch du kannst nicht anders – als ob irgendwo jemand sitzt, der deine Steuerung in der Hand und den Regler gedrückt hält. Deine Schrittlänge ist einen ganzen Fuß größer als sonst.

Du tauchst in den überwucherten Weg hinter dem Schlagbaum ein wie in einen Traum. Es zieht dich vorwärts – vorbei am Strand von Rayol, vorbei am Pointe de l'Ecuelle, am Strand von Pramousquier. Je schneller du läufst, je mehr Strecke du zurücklegst, desto ruhiger wirst du innerlich, kommst langsam zum Stillstand, der Sand setzt sich ab, das Wasser wird klar.

Erst am Hotel California mit seinem pinkfarbenen Schriftzug machst du kehrt, hier ist der Weg zu Ende. Den Rückweg läufst du in unvermindertem Tempo, siehst immer wieder die Île du Levant, neblig verschleiert, und dann, kurz vor dem Ende am Strand neben dem Tropicana-Club, zerlegt es dich doch noch, allerdings anders als gedacht.

Von einer Sekunde auf die andere, mitten im Lauf, der Puls auf 180, musst du dich übergeben. Vor Schreck bleibst du stehen, im selben Moment fährt dir ein stechender Schmerz ins Genick, dorthin, wo der Kopf auf die Wirbelsäule aufsetzt, wo alles seinen Ausgang nimmt und alles endet. Explosionsartig breitet er sich in deinem Körper aus – die Arme, die Beine –, du hast Schmerzen außerhalb deines Körpers, und wieder übergibst du dich, dein Inneres drängt in Richtung der Speiseröhre hinauf, presst gegen die Bauchdecke, die Augen treten dir aus dem Schädel. Du glaubst, deine Finger aufplatzen zu sehen, längst hat der Schmerz dich auf die Knie gezwungen, du hörst Knochen aufeinanderreiben, spürst das Ziehen des Bindegewebes, Knorpel, Gelenke, kippst wie ein gefällter Baum und schreist auf, als deine Schulter ungebremst den Boden trifft. Dein Kopf liegt zur Hälfte im Sand, ein Auge verschüttet, Körner unter den Lidern. Jemand zieht dir die Haut vom Leib. Du fühlst dich nackt und verwundbar wie noch nie im Leben. Erneut kotzt du dich aus, die Flüssigkeit suppt aus deinem Mund, versickert im Sand, und erst jetzt begreifst du, was geschieht.

Sie geht.

Lola.

Verlässt deinen Körper.

Du bemerkst Abdrücke im Sand. Sie führen ans Wasser. Du stützt dich auf, und dann siehst du, wie es sich kräuselt, flüchtig – dort, wo Lola es berührt. Und dann ist sie fort und du weißt, sie wird nicht wiederkommen. Deine Beine sind taub, der ganze Körper. Als säßest du im Schnee und nicht im Sand. Und dann wird dir klar, dass dies der glücklichste und zugleich traurigste Moment deines Lebens ist, dass du von jetzt an für immer frei und für immer allein sein wirst. Heilung, hat Frau Winter damals gesagt, ist immer so weit möglich, wie deine Seele bereit ist, sich dafür zu öffnen. Du lässt dich in den Sand fallen. Heilung. Ein Scheiß.

Du weißt wieder, wo du bist und dass du im Sand liegst, als du ein Fiepen hörst und eine Zunge über dein Gesicht leckt. Silencio schnüffelt dir seinen warmen Atem ins Ohr. Du schiebst ihn weg.

Neben dir steht Agueda in Latzhose und mit Basecap.

»Ist das nicht etwas ungemütlich auf Dauer?«

»Wie hast du mich gefunden?«

»Frag Silencio.«

Sie hockt sich neben dich in den Sand.

»Ich wollte nach der Arbeit bei dir vorbeifahren, aber du warst nicht da, und ans Telefon bist du auch nicht …«

»Und da habt ihr mich gesucht?«

Agueda blickt aufs Meer hinaus.

»Ich dachte, ich geh ein Stück mit Silencio. Der hat mich dann hergeführt.«

Du setzt dich auf. Der Hund legt dir demonstrativ die Schnauze auf den Oberschenkel. Du kraulst ihn am Hals. Irgendwann sagst du es: »Sie ist weg.«

Agueda antwortet lange nichts. Dann: »Für immer?«

Und du beginnst zu weinen wie ein kleines Kind, das zum ersten Mal begreift, dass kein lebendes Ding auf dieser Welt jemals von Dauer ist. Dass alles, wirklich alles vergeht und du nichts jemals festhalten kannst.

23

Du stehst also auf der Terrasse des Haupthauses, eine Hand auf der Balustrade, und lauschst zur Küstenstraße hinunter. Der Stein unter deinen Fingern ist kühler als noch vor einer Woche. Herbst. Der Himmel ist wolkenlos, über dem Wasser aber liegt ein Dunststreifen. Meer und Himmel sind nicht zu trennen. In der Ferne bewegen sich zwei Containerschiffe aufeinander zu. Durch den Dunst sieht es aus, als schwebten sie über das Wasser. In der Bucht liefern sich ein halbes Dutzend Jetski ein Rennen.

Du hörst Ennos Pick-up die Serpentine heraufkommen. Gleich wird dein Smartphone über die Balustrade scharren. Du hast dein altes aktiviert. Die SIM-Karte des anderen funktionierte noch, der Rest nicht mehr. Es lag auf dem Grund des Pools wie ein gestrandeter Fisch, nachdem das Wasser abgelaufen war. Für alle Fälle hast du es auf die Werkbank gelegt und einige Male mit dem Hammer draufgeschlagen, bevor du es im Müll entsorgt hast.

»¡Hola, Nino!«

Du antwortest: »Hola.«

»Kannst du uns das Tor aufmachen?«

Enno schaltet in den ersten Gang runter, der Motor heult auf, dann schaufeln die Räder durch den Kies und sein Pick-up kommt die Einfahrt hoch. Du siehst Silencio auf der Ladefläche sitzen. Wie immer grüßt Enno, indem er wortlos eine

Hand aus dem Fenster streckt. Agueda steigt aus und entriegelt die Heckklappe. Grüne Latzhose, Basecap. Sie hebt Silencio von der Ladefläche, sucht ihre Geräte zusammen und schlägt mit der Hand auf das Blech. Enno wendet und fährt die Auffahrt hinunter, kurz darauf verschwindet der Pick-up hinter der großen Pinie.

Agueda winkt dir, lacht.

»Wird ein schöner Tag, heute!«

Der Pferdeschwanz, der unter ihrer Basecap hervorspringt, schaukelt hin und her. Es fühlt sich an wie etwas Neues. Du weißt noch nicht, was es sein, wie dieses Neue aussehen wird, aber du ahnst, dass es groß sein wird, respekteinflößend. Und womöglich wunderschön.

Silencio arbeitet sich die Treppe herauf. Du gehst ihm entgegen. Die Zunge hängt ihm aus dem Maul. Es funktioniert schon wieder einigermaßen mit den Stufen, auch wenn ihm die Anstrengung anzusehen ist. Ein bisschen wird zurückbleiben, aber etwas bleibt eben immer.

»Rasant erzählt, präzise recherchiert, hochkarätig besetzt.«

Jackie Thomae

*Cover- und Preisänderungen vorbehalten

Edgar Rai
Im Licht der Zeit
Roman

Piper Taschenbuch, 512 Seiten
ISBN 978-3-492-31862-4

Es ist das Berlin der Zwanzigerjahre, der Champagner fließt in Strömen, die ganze Stadt ist im Taumel. Und die mächtige Ufa plant, einen epochalen Tonfilm in die Kino-Paläste zu bringen. Emil Jannings soll die männliche Hauptrolle spielen – kaum einer aber glaubt daran, dass das Revuegirl Marlene Dietrich das Format für die weibliche hat.

PIPER